더 스킨

THE SKIN, I'M IN

상상의힘 아동청소년문고 3

THE SKIN, I'M IN

더 스킨

1판 1쇄 2014년 9월 1일

지은이 샤론 G. 플레이크 | 옮긴이 여상훈
펴낸이 김두레 | 펴낸곳 상상의힘 | 편집 이소영 | 디자인 눈에보이는마음
인쇄 천일문화사 | 등록 제 2010-000312(2010년 10월 19일)
주소 135-880 서울시 강남구 삼성동 봉은사로 72길 33(101-902)
전화 070-4129-4505 | 팩스 02-2051-1618
홈페이지 www.sseh.net | 전자우편 childlit04@gmail.com

ISBN 978-89-97381-33-3 43840

THE SKIN, I'M IN
by Sharon G. Flake

더 스킨
THE SKIN, I'M IN

샤론 G. 플레이크 지음 | 여상훈 옮김

사이사이의 힘

1

처음 그 여자 선생님을 만났을 때, 뭔가 좀 마뜩치 않은 느낌이 들었다. 그렇다고 위험한 사람이라거나 하는 느낌은 아니었다. 그저 가까이 해서는 안 될 사람이란 생각이 들었다. 솔직히 그 선생님도 나처럼 찌질이과였으니까. 사람들이 감싸주기보다는 늘 놀리는 그런 인간 말이다. 나 같은 애도 사실 재수 옴 붙은 건데, 선생이란 사람이 그 모양이니 더 한심한 노릇이었다.

샌더스 선생님은 처음부터 뭔가 달랐다. '마이클'이라는 남자 이름부터가 그랬다. 그런 이름을 쓰는 여자가 세상에 또 있을까? 키는 크고 엄청나게 뚱뚱한 데다 그렇게 작은 발은 생전 처음 보았다. 더 기가 막힌 건 누군가가 염산을 끼얹기라도 한 듯 커다랗고 흰 얼룩이 얼굴 반쪽을 가로질러 덮고 있다는 것이었다.

아마존 여전사 같은 선생님과 처음 마주쳤을 때 난 일부러 눈길을 피했다. 그런데 내게는 낯선 사람의 시선을 끄는 뭔가가 있는 모양이다. 처음 만나는 누구든 내 이마에 "낙오자 모여라!"라고 씌여 있기나 한 듯 나한테 관심을 가진다. 어쨌든 나름대로 이 맥클렌턴 중학교에 적응하려고 오래 고생했다. 그러니까 그런 노력을 망치려 드는 사람을 가만 두고 참을 수는 없는 노릇이다. 그 사람이 선생님이라면 더욱 더.

선생님이 무슨 학교 안내라도 받겠다는 듯 내게 다가온 그 날 난 고개도 들지 않았다.

"학생, 잠깐만!"

선생님이 말을 걸었다. 짙은 보라색 정장 차림에 빳빳하게 다린 셔츠에는 겉옷 색깔에 맞춘 보라색 단추가 달려 있었다. 그 정도 차려 입으려면 삼백 달러는 들 것이다.

"교장실을 찾아가는 길인데. 이 근처 같은데, 어딘지 알지?"

그 소리에 잠시 멈칫하면서, 존-존 매킨타이어의 반짝거리는 갈색 눈을 향해 있던 내 시선은 볼링공처럼 튀어 선생님에게 옮겨갔다. 마른 침을 꿀꺽 삼키고 선생님을 쳐다보는데 존-존이 돌돌 말아 쥔 만화책으로 내 팔을 후려쳤다.

"저쪽이에요."

복도 끝을 가리키며 말했다.

"고맙다. 그건 그렇고, 넌 이름이 뭐니?"

이렇게 물으면서 선생님은 여기 한참 있을 것처럼 가방을 바닥에 놓았다.

"말레카요. 말레카 매디슨, 으음, 3세요."

껌을 요란하게 씹으면서 대답했다.

"이름만 거창한 거니까 신경 끄세요, 선생님. 알 필요 전혀 없는 애거든요."

존-존이 끼어든다.

샌더스 선생님이 내려다보자, 존-존은 고개를 돌리고는 꼭 두 살배기 아기처럼 셔츠 단추를 만지작거리기 시작했다.

"그러니까요, 교장실은 저리로 곧장 가시면 돼요."

내가 손가락으로 방향을 가리켰다.

"고마워."

발걸음을 옮기는가 했던 선생님은 뭔가 갑자기 떠오른 듯 갑자기 멈춰서더니 내 쪽으로 다시 왔다. 선생님은 한 마디도 하지 않았지만 난 그 모습에 벌써 온 몸에 소름이 돋았다.

"말레카야, 넌 피부가 참 곱구나. 비가 그치면 보이는 짙은 파란색 하늘처럼 말이야."

선생님은 웃음을 띤 채, 그 말이 자기가 좋아하는 시 구절이라고 설명했다. 정신을 차리고 보니 선생님은 아무 일도 없었다는 듯 벌써 저만치 복도를 걸어갔다.

선생님이 웬만큼 멀어지자, 존-존이 입을 열었다.

"피부가 곱다고? 어디가? 온통 시커멀 뿐인데?"

녀석은 내 주먹을 피해가며 랩을 하기 시작했다.

"말레카, 말레카, 우린 널 잡고 싶은 걸 / 아무리 그래도, 넌 너무 까만 걸 / 눈을 씻고 찾아봐도 보이지 않는 걸!"

어느새 둘레에는 남학생 세 녀석이 존-존의 노래를 따라 부르고 있었다. 기분이 더러워져서 지금 바로 학교 건물이 폭삭 무너지면 좋겠다는 생각을 했다.

존-존 맥킨타이어는 중1짜리로는 아마 세상에서 제일 작은 녀석일 것이다. 오죽하면 초등학교 5학년 애들보다 머리 하나가 작을까. 우리 둘이 같은 열 세 살이란 게 도저히 믿어지지 않을 때도 많다. 나처럼 흑인인 주제에 녀석은 언제부턴가 "검어도 너~무 검다!"며 나를 놀린다. 작년 어느 때였는지 하여튼 내 주위의 모든 일이 엉망진창이었을 때, 존-존은 이 검둥이 노래를 만들어 부르기 시작했다. 그런데 하필이면 오늘 선생님이 검은 피부 얘길 하는 바람에 다시 그 노래를 듣게 된 것이다.

난 지금까지 늘 놀림만 받고 산 것 같다. 피부색으로 놀리지 않으면 내 옷차림으로 놀린다. 난 엄마가 손수 만든 옷만 입고 다녔다. 그러니 놀림을 받을 수밖에. 호주머니는 한 쪽이 늘어지고, 바느질이 똑바로 된 곳이란 없는 옷, 언제 깃이 떨어져나갈지, 언제 핀에 찔려 수업 중에 비명을 지르게 될지 모를 그런 옷. 그런데 올해는 샤를리즈가 옷을 빌려주는 덕에 걱정을 덜었다. 샤를리즈한테 빌린 옷은 전부 사물함에 넣어두었다가 1교시 시작 전에 집에서 입고 온 옷과 바꿔 입는다. 샤를리즈 옷을 입으면 난 모델이라도 된 기분이다. 하는 행동까지 완전히 달라지니까 선생님들도 싫어할 이유가 없으리라 생각한다.

학교에서 피부가 제일 까맣고 옷도 제일 형편없게 입는 것만 해도 충분히 괴로운 일인데, 난 게다가 멀대 같은 키와 빼빼 마른 걸로도 일등이다. 존-존 같은 녀석들은 틈만 나면 나에게 그런 사실들을 일깨워준다. 그런 녀석들은 내가 우리 학교에서 수학의 달인이고 계산이라면 중3과 맞서도 지지 않는다는 엄연한 사실은 입에 올리지도 않는다. 기억력이 특출나서 한번 읽은 건 절대 잊어버리지 않는다는 것도 알아주지 않는다. 녀석들은 자기네들 눈에 보이는 것만 관심이 있는 모양인데, 그나마 걔네들 눈에는 보이는 것도 별로 많은 것 같지 않다.

지금까지 난 참아 왔다. 내 이름 부르면서 놀리고, 밀어 넘어뜨리고 어깨를 부딪히며 지나가고 골탕을 먹이는 것 말이다. 그러다 지난 주에 뭔가 별난 일이 벌어졌다. 샤를리즈한테 빌린 옷을 입고 예쁜 내 모습에 좀 으쓱하는 마음으로 복도를 지나가고 있는데, 샤를리즈가 다가오더니 자기 옷을 벗으라는 거였다. 둘레에는 칼렙을 포함해서 애들이 대여섯 명 있었다. 처음에는 농담하는 줄 알았지만 그게 아니었다. 그래서 여학생 탈의실로 가서 내 옷으로 갈아입었다. 그 순간 난 결심했다. 이젠 더 이상 참지 않겠다고. 사람들이 옛날부터 하던 식으로 날 대하는 걸 참을 이유가 없다고. 그렇게 결심을 했지만 실천에 옮기는 건 쉽지 않은 일이었다.

이렇게 난 이미 골치 아픈 문제투성이인 아이다. 그러니까 얼굴이 흉터로 뒤덮인 선생님까지 나타나서 날 괴롭힐 일이 아니다. 그런데 이 샌더스 선생님이 정말로 내 문제를 더 뒤죽박죽으로 만들 거라는 생각이 자꾸 드는 건 무슨 까닭일까?

2

존-존은 자기가 똑똑한 줄 안다. 녀석은 목소리를 낮춰서 여전히 날 놀리는 "말레카송"을 중얼거렸다. 저러는 걸 듣고 있을 이유가 없어서 5교시가 시작될 때 교실로 돌아가서 녀석 옆자리에 앉는 대신 밖으로 나갔다. 학교 바깥 프레즐 가게 모퉁이에는 많은 애들이 어슬렁거리고 있었다. 난 사물함에서 겉옷을 꺼내 입고 뒷문으로 빠져나갈 참이었다. 복도를 다 지날 무렵, 세상에, 선생님 모습을 보고 말았다. 선생님은 남의 일에 참견하느라 정신이 없었다.

"이봐요, 어린 숙녀분!"

선생님은 벽에 붙어 서서 남학생에게 목을 내맡긴 여학생에게 말했다.

"어서 수업 들어가요!"

난 사물함 한 곳으로 가서 그걸 여는 시늉을 했다. 샌더스 선생님 쪽으로 고개를 돌리는 여학생 모습에 난 숨이 멎을 듯 놀랐다. 그건 바로 샤를리즈였으니까. 어이쿠, 이제 금방 소문이 나겠는걸. 샤를리즈는 넋이 나간 표정으로 선생님을 바라보더니 곧 이어 소리 내어 웃었다. 샌더스 선생님은 인상을 쓰며 윔에게 눈길을 주었다.

그러자 윔이 웃음을 터뜨렸다.

"젠장, 댁은 누구셔? 학부형?"

"새로 온 영어 선생님이다."

선생님은 정색을 했다.

"뭐라고요? 그런 얼굴을 날마다 사십오 분씩 봐야 한다고요? 절대 그럴 일 없겠네요!"

샤를리즈가 대꾸했다.

윔은 샤를리즈 어깨에 팔을 둘렀다. 둘이 내 곁을 지나칠 때 속삭이는 윔의 말이 들렸다.

"젠장, 얼굴은 왜 저 모양인 거야?"

둘은 키스를 계속하려고 계단 쪽으로 발걸음을 옮겼다.

"수업에 안 들어가면 교장실로 부른다!"

선생님의 목소리는 크고 단호했다.

샤를리즈가 선생님을 쳐다보며 눈을 부라렸다.

그러자 선생님은 손을 허리에 얹으며 물었다.

"할 말이 더 있어?"

'아, 실수하는 거예요, 선생님.' 하는 생각이 들었다. 샤를리즈는 우리 학교에서 최악이다. 누구도 샤를리즈에게 소리를 지르고 무사할 순 없다.

샤를리즈는 거의 미친 애다. 아니나다를까, 그 애는 선생님에게 남의 일에 간섭 말고 신경 끄라고 했다. 그러면서 뭔가 선생님 얼굴 이야기를 했다. 웜이 진정시키느라 손으로 그 애의 큰 입을 막고 복도 다른 쪽으로 끌고 갔다. 그런데도 신참 선생님은 멈출 줄 몰랐다. 선생님은 웜에게 잠깐 기다리라고 하더니 샤를리즈를 향해 말을 이었다. 자신은 온 세상을 다 다녀본 사람이며, 적어도 네 가지 외국어로 말할 수 없다면 샤를리즈는 자신의 얼굴을 두고 한 마디도 말할 자격이 없다고 했다.

샤를리즈도 맞받아쳤다.

"댁이 그렇게 고상하고 잘난 사람이면, 왜 이런 쓰레기 같은 학교에서 얼쩡대셔?"

서류가방을 바닥에 내려놓는 선생님 팔목에서 구찌 시계가 반짝였다. 이 아줌마, 부자인가. 돈 좀 있는 모양이네.

"잠깐만, 뭘 좀 돌려줄 게 있다."

선생님이 말했다.

"돌려준다굽쇼?"

샤를리즈가 손을 내밀었다.

"줄 게 있다면 우선 그 비싼 신발하고 댁이 차고 있는 삼백 달러짜리 시계부터 줘보시지?"

샤를리즈, 저 여우가 물건 보는 눈은 있다. 두 해 전 부모님이 돌아가신 뒤로 샤를리즈를 돌보는 사람은 언니인 주주인데, 주주네 집에는 정말 없는 물건이 없다. 그 많은 물건 대부분은 가격표를 떼지도 않은 것들이다. 주주 언니라면 삼백 달러짜리 정장바지도 오십 달러에, 고급 코트라도 백 달러에 넘겨주고도 남는다. 물론 그런 걸 싸게 넘겨 받으려면 어쨌든 돈이 있어야 하는데 난 한 푼도 없다. 샤를리즈가 운이 좋은 거지, 뭐. 삼 년 전에 우리 아빠가 돌아가시자 엄마는 마음을 달랜다며 재봉틀에 매달렸다. 그러지 말고 옷 가게에 있는 걸로 날 입히면 얼마나 좋을까. 엄마의 재봉틀 솜씨는 도저히 못 봐줄 정도다.

웜이 샌더스 선생님 말에 신경 쓰지 말고 자리를 뜨자고 달래지만, 샤를리즈는 이 생뚱맞은 아줌마한테 고분고분 질 생각이 없었다.

"그렇게 노려보면 어쩌시려고!"

허리에 손을 얹은 샤를리즈의 말에 샌더스 선생님이 막 대꾸하려는 순간, 타이가 나타나 둘 사이에 오가는 말을 자르며 끼어들었다.

"샌더스! 샤를리즈를 만나고 있었네!"

타이 선생님은 수학을 가르치는 여선생님으로 기괴한 인물이기는 마찬가지다. 선생님은 칠판 앞에서 한 쪽 다리를 다른 쪽 다리 중간에 붙인 채 플라멩고 새처럼 외다리로 서서 수업을 한다. 또 요가를 하고, 고장 난 히터처럼 쉭쉭 하는 숨소리를 낸다. 하여간 타이 선생님도 기묘한 인물이라는 것만 말해 둔다.

"선생님이 드디어 여기엘 왔네!"

이렇게 말하면서 타이 선생님은 여학생들이 하듯 샌더스 선생님의 양팔을 꽉 붙들고 늘어졌다. 키가 백 팔십 센티는 될 샌더스 선생님 곁에 타이 선생님이 서니 그 모습이 좀 우스꽝스러웠다. 선생님은 키가 작고 양쪽 귀에는 둥근 고리 모양 귀걸이를 두 개씩 달고 있다. 코에는 피어싱 자국이 보이는데 수업 시간이 아닐 때는 거기에 뭔가를 매달고 있다.

"우린 대학교 기숙사에서 같은 방을 쓴 친구란다."

타이 선생님이 샤를리즈에게 말했다.

"선생님이 우리 학교에 오신 걸 다행으로 여기게 될 거야. 이 선생님 계신 곳에서는 늘 좋은 일이 벌어지거든."

왜 샤를리즈에게 그런 얘기를 하는지 난 이해할 수 없었다. 그 애는 전혀 관심이 없을 텐데 말이다. 두 선생님은 교무실로 향했다. 그러면서 타이 선생님이 샤를리즈에게 수업에 들어가라고 일렀다.

"알았어요, 선생님!"

대답하는 샤를리즈 목소리가 아주 고분고분, 순진무구했다.

샤를리즈가 복도를 반쯤 지났을 때, 타이 선생님이 고개를 돌려 나한테도 말한다.

"그대도 마찬가지, 매디슨 양!"

3

늘 그렇듯 우린 모두 여자화장실에 모였다. 난 이번에는 애들 험담하기보다는 소변이 보고 싶었다. 근데 그게 이 학교에서는 쉬운 일이 아니다. 뒷간이면 칸칸이 붙어 있어야 할 문이 여긴 없기 때문이다. 교장선생님이 직접 모든 문을 떼어버려서, 그 안에서 하는 짓이 훤히 보인다. 계집애들이 그 안에서 담배를 피우거나 벽에 낙서를 하면서 수업을 '제끼는' 일이 없도록 그런 모양이다.

애들은 너나없이 새로 온 선생님 이야기를 하고 있었다.

"그 얼굴 말야, 국그릇 뒤집어 쓴 거 같지 않니?"

샤를리즈가 얼굴을 찡그리며 말했다.

"내 상판대기가 그 모양이면 죽어버리고 말지."

그러면서 두 팔을 들어 겨드랑이 냄새를 맡았다. 그 모습을 보자 난 그 애한테 해주고 싶은 말이 목구멍까지 올라왔다. 너처럼 내 겨드랑이에 농구공만한 털뭉치가 자라고 있다면 나도 자살하고 말아. 하지만 난 터져 나오려는 말을 참고 침묵을 지켰다.

"그 여자가 너네 엄마라면 끔찍하지 않겠냐?"

쌍둥이 자매 중 하나인 레이나가 말했다.

"진짜 날 낳았어도 엄마라도 안 부를 것 같아."

이렇게 말하며 샤를리즈는 가방에서 탈취제를 꺼냈다. 그러더니 셔츠를 쳐들고는 끈적하고 시퍼런 물건을 겨드랑이에 문질렀다.

우리 넷, 그러니까 나, 샤를리즈, 쌍둥이인 레이나와 레이즈는 아침마다 화장실에서 만난다. 수다를 떨고 담배를 피우고, 뭐 그러는 거다. 거기서 난 엄마가 만든 거지같은 옷을 샤를리즈가 갖다 주는 걸로 갈아입는다. 오늘은 굵은 금색 단추가 달린 짙은 남색 스키니 바지다.

샤를리즈는 내 엉덩이하고 젖가슴이 좀 더 크면 그 옷이 완전 잘 어울리겠다고 했다. 그러면서 냄새 지독한 담배 연기로 굵은 도넛을 만들어 내 얼굴에 날렸다. 애들이 웃길래 나도 덩달아 웃었다. 샤를리즈하고 잘 지내려면 무조건 그 애 말에 맞장구를 쳐야 한다. 그 애가 하는 말에는 너무 까칠하게 맞대응을 하면 안 된다.

1교시 시작종 소리에 난 책가방을 메고 수업에 들어갈 준비를 했다. 샤를리즈와 쌍둥이는 땡땡이를 칠 모양이었다. 그럼 학교 바깥 길 모퉁이에서 얼쩡거릴 게 분명했다.

"그 여자 면상, 오늘은 보고 싶지 않네. 보면 토할 것 같단 말이지."

샤를리즈가 말을 이었다.

그 애는 다시 쿨 담배 한 개비를 꺼내더니 주사 놓는 것처럼 그걸로 손등을 톡톡 쳤다. 그러고는 담배를 물고 레이즈가 불을 붙여주기를 기다렸다. 불이 붙자 샤를리즈는 기도라도 하는 듯 눈을 감고 느리고 길게 한 모금을 빨았다. 그러더니 갑자기 내 얼굴 쪽으로 연기를 확 뿜었다. 제 딴에는 무척 재미있다고 생각했는지 아주 숨이 넘어가도록 웃었다. 그리고 나한테 꺼지라고 했다. 물론 난 그 애가 시키는 대로 했다.

그전에는 샤를리즈하고 어울려 다니지는 않았다. 작년에는 늘 혼자였으니까. 그때는 수업에 꼬박꼬박 들어갔고, 거의 모든 과목에서 A를 받았다. 칼렙 자말 앗삼이 등장할 때까지 난 정말 눈에 띄지 않는 학생이었다. 칼렙은 전교에서 제일 멋있는 애다. 귀엽고 친절하다. 게다가 시까지 잘 쓴다. 칼렙하고 사귀는 게 문제가 될 줄은 정말 몰랐다.

거의 반 년 동안 칼렙은 날 쳐다보기만 했다. 그래서 나도 그 애가 다른 사람들처럼 날 보는 거라고 생각했다. 난 비쩍 마르고 새까만 가난뱅이 말레카니까. 그런데 칼렙은 날 좀 달리 봤다. 내가 예쁘다고, 내 눈과 초컬릿색 피부가 몹시 마음에 든다고 했다. 나한테 시와 편지를 써서 보냈다. 편지에는 스피어민트 껌을 넣었다. 함께 수업에 들어가 주고 반지도 선물했다. 엄마한테는 이 모든 걸 말하지 않았다.

애들은 금세 눈치를 챘다. 샤를리즈와 애들은 내가 칼렙과 함께 지나가면 깔깔거리며 놀렸다. 다리를 뻗어서 딴죽을 걸기도 했다. 걔네들은 '펑크 밴드들도 말레카 같은 누더기 옷은 안 입을 걸?'이라고 쓴 쪽지를 칼렙에게 보내기도 했다. 내가 너무나 심한 곱슬머리여서 갈퀴로 빗어야 한다고 말한 애도 있다.

일이 제대로 터진 건 워싱턴으로 수학여행을 갔을 때였다. 가는 동안 내내 애들은 나란히 앉은 칼렙과 나를 놀렸다. 버스 뒷자리에서는 우릴 향해 소리들을 지르고, 침을 뱉어 날리기도 했다. 마침내 존-존이 노래를 부르기 시작했다.

"말레카, 말레카, 우린 널 잡고 싶은 걸 / 아무리 그래도 넌 너무 까만 걸 / 눈을 씻고 찾아봐도 보이지 않는 걸!"

온 버스가 그 노래를 따라 했다. 선생님들이 멈춰보려 했지만 역부족이었다.

칼렙을 쳐다보았다.

"미안해, 말레카……."

그 애는 정말 멍청한 표정을 짓고는 자기 친구들과 함께 버스 앞쪽으로 갔다. 거기서 걔들은 존-존에게 다섯 번이나 주먹 감자를 날렸다. 그 광경에 모두들 웃고 난리가 났지만 난 그림 속 모나리자처럼 억지웃음을 띠고 꽁꽁 얼어붙어 있었다. 지금도 난 워싱턴이라면 아무것도 아는 게 없다. 그리고 거기라면 다시는 가고 싶지 않다.

그 사건으로 일은 더 꼬여갔다. 애들은 더 극성스럽게 날 놀렸다. 내가 복도를 지나가면 그 빌어먹을 존-존의 노래를 불러댔다. 내 일이라면 아무리 사소한 것이라도 입에 올렸다. 내 머리, 내 옷, 심지어 자기들보다 좋은 내 성적도 놀림감이 되었다. 선생님들이 날 예뻐하는 것도 못마땅해 했다.

그 뒤로 나는 학교가 가기 싫었지만 엄마는 가야 한다고 했다. 그래서 머리를 썼다. 샤를리즈에게 가서 같이 다니자고 제안했다. 말하자면 그 애는 내 편이 되어주고, 그 대신 나는 그 애 숙제

같은 걸 해준다는 거였다. 내 말을 듣더니 샤를리즈는 웃으며 꺼지라고 말했다. 괴짜 친구도 싫은 판에 못 생긴 괴짜는 더 싫다고 했다. 하지만 난 포기하지 않았다. 화장실이든 식당이든 식수대든 샤를리즈가 있는 곳이면 막무가내로 얼굴을 내밀었다. 심지어는 정말 잘 할 수 있다는 걸 보여주려고 숙제도 몇 번 해줬다. 얼마 뒤 샤를리즈가 마음을 돌리자, 애들도 날 건드리지 않게 되었다. 곧 샤를리즈는 내게 옷을 가져다 주기 시작했다.

"나하고 어울리려면 좀 있어 보여야 하지."

내 쪽으로 옷 꾸러미를 차면서 샤를리즈가 말했다.

하지만 아무리 샤를리즈가 백 달러짜리 바지를 가져다 줘도, 그 애가 더러운 욕을 하면서 후려칠 때 내가 받는 상처가 상처가 되지 않는 것은 아니었다.

4

2교시 종소리를 듣고 나는 샌더스 선생님 수업을 가기 위해 발바닥에 불이 붙도록 달렸다. 그래 봐야 결국 소용 없는 일이었지만. 교실에 들어서자마자 나는 이미 머리 아픈 일이 벌어졌다는 걸 알았다. 교실에서는 모두들 고개를 푹 숙이고 뭔가를 쓰고 있었다. 선생님은 종이를 꺼내서 책상에 앉으라고 나한테 고갯짓을 했다. 칠판에는 '내 얼굴은 세상 사람들에게 무슨 말을 하고 있을까?'라고 씌여 있었다. 그걸 보고 웃음이 나서 참다가 코 고는 소릴 내고 말았다.

선생님은 내가 채 세 문장도 다 쓰기 전에 종이를 걷어갔다. 그러더니 수업 중간에 숨어들어온 걸 알면서도 내게 칠판에 쓰인 질문을 했다.

"내 얼굴이요?"

나는 나를 가리키며 되물었다.

"말레카의 얼굴은 '난 무조건 햇볕을 피해야 해'라고 말해요."

래리 베이커가 책으로 얼굴을 가린 채 말했다.

"에이, 그건 아니지!"

그레고리 윌리엄스가 말했다.

"말레카의 얼굴은 '검은 게 아름답다'고 말해요."

샌더스 선생님은 아무런 말도 하지 않았다. 팔짱을 낀 채 입을 꾹 다물고 있었다. 그러다가 아무렇지도 않은 얼굴로 다시 한 번 나를 당황하게 만들었다.

"말레카, 말해 봐!"

나는 대답하지 않았다. 선생님 눈길을 피해서 색이 예쁜 비누 방울처럼 천장에 붙은 껌 덩어리들을 바라보았다.

"내 얼굴이 세상 사람들에게 무슨 말을 하는지 말해볼 사람?"

선생님이 다시 물었다. 교실을 돌아다니는 동안 선생님의 금 팔찌들이 짤랑짤랑 소리를 냈다. 선생님은 저녁거리에 살금살금 다가가는 호랑이처럼 조용히 걸었다. 그렇게 조용히 걸을 수 있는 건 이탈리아 구두 덕분이라는 생각이 들었다.

맬컴 무어가 손을 번쩍 들었다. 맬컴과는 별 문제 없다. 그 애는 곱슬이 아닌 긴 머리에 피부도 버터스카치 사탕 같은 연갈색이다. 그리고 잿빛 눈이 좀 슬퍼 보인다. 백인 아빠하고 흑인 엄마 사이에서 반씩 섞여서 그렇다. 그나마 운이 좋아서 엄마보다는 아빠 쪽에 더 가까운 외모다.

"내 얼굴은 내가 아주 멋지다고 스스로 말해요."

제 딴에는 턱수염이라고 자랑하는 여섯 가닥 빈약한 털을 쓰다듬으면서 맬컴이 말했다.

"그러니까 내 얼굴을 보면 친구들은 이렇게 생각한다는 거죠. '저 녀석 멋져. 친하게 지내고 싶네.'"

모두들 웃음을 터뜨렸다. 그 중간에 맬컴의 여자친구 노릇을 하던 페이스가 교실 반대편으로 연필을 던졌다. 연필은 맬컴의 의자 등받이에 부딪히고는 그의 커다란 두 발 사이에 떨어졌다. 그러자 샌더스 선생님이 페이스에게 그만두라는 눈짓을 했다.

웃음소리가 잦아들면서 여기저기서 손을 들었다. 어떤 애들은 자기 얼굴을 두고 농담을 했다. 또 어떤 애들은 무척 진지한 얘기를 꺼냈다. 존-존도 진지한 쪽이어서 자기 얼굴에는 자기가 도둑질할 사람이 아니라고 쓰여 있다고 했다. 그러니까 사람들이 자기를 무시하지 말아야 한다나, 뭐라나. 사실 나도 존-존의 얼굴에서 나쁜 걸 느낀 적이 단 한 번도 없었다. 그 애는 겁먹은 얼굴이지 사악한 얼굴이 아니니까. 어쨌든 난 사람들이 거울에 비친 자신들 모습에서 뭘 느끼는지는 알 도리가 없을 거란 생각이 들었다.

그런데 막상 샌더스 선생님이 "내 얼굴은 무슨 말을 하지?" 하고 묻자, 아무도 입을 열지 않았다.

"그렇게 입 꽉 다물고들 있지 말고, 응?"

선생님이 다시 재촉했다.

"너희들이 복도에서 나를 두고 수군거리고 놀리는 거, 다 듣는단다."

선생님은 다시 통로를 걸었다. 그러다 내 곁에 멈추더니 책상에 엉덩이를 걸쳤다.

"얼굴은 우리가 생각하는 것보다 훨씬 많은 걸 말해준단다. 내 얼굴이라고 예외는 아니지? 그러니 너무 빼지들 말고 떠오르는 대로 말해봐."

내가 손을 들었다. 이 학교에 온 지 일주일 만에 날 두 번이나 놀라게 했으니, 이번에 선생님이 당할 차례인 거다.

"맘 상하실지 모르겠지만요, 음, 말이죠, 선생님은 좀 괴물처럼 보여요."

"사정없이 냉정하네!"

크리스털 존슨이 인상을 쓰며 말했다.

선생님은 기도하듯 양손을 턱에 붙이고는 책상에서 일어나 서성거렸다. 우린 똑딱거리는 시계 소리가 들릴 정도로 조용히 앉아 애꿎은 책장만 넘겨댔다. 샌더스 선생님이 어떤 반응을 보일지 기다리면서.

"괴물이라……."

선생님이 입을 열었다.

"나도 옛날엔 그렇게 생각했지."

이어서 선생님은 좀 더 자세히 이야기했다. 얼룩은 태어날 때부터 있었다. 어릴 때는 부모님이 목사에게 얼룩이 없어지도록 기도를 부탁하기도 했고, 노인들은 약초를 써보기도 했다. 그리고 할머니는 뭔지 모를 것들을 섞은 약물로 얼룩의 색깔을 바꿔서 표시가 안 나도록 하려고도 했다. 그렇지만 그 모든 방법이 아무런 효험도 없었다. 그래서 나중에는 신이 자신에게 선사한 그 얼룩을 사랑하는 편이 낫다는 걸 깨달았다는 것이다.

"나 자신을 사랑한다는 거, 하루 아침에 되지는 않아."

선생님이 말을 이었다.

"나도 우여곡절 끝에 내가 정말 누구인지 알게 되었으니까. 너희도 마찬가지일 거다."

갑자기 교실에 있는 모든 애들이 선생님에게 질문을 던지기 시작했다. 그리고 선생님은 모든 질문에 답을 해주었다. 심지어 몇몇 애들은 선생님 얼굴에 바짝 다가가서 얼룩을 뚫어져라 보거나 손가락으로 가리켰다. 선생님은 자신의 얼굴이 자랑스럽기라도 한 듯 애들이 그러도록 내버려두었다.

선생님이 다시 내 자리로 다가와서 날 내려다보았다.

"자기 자신을 있는 모습 그대로 받아들이기까지는 시간이 걸린다. 자기 걸음걸이에서 시를 떠올리게 될 때까지 말이야."

선생님은 무슨 아프리카 춤이라도 추는 듯 엉덩이를 흔들며 말했다. 애들은 모두 웃음을 터뜨렸다.

"거울 속의 자기 모습이 흔히 말하는 이상형이 아니더라도 그런 자신을 사랑하게 되는 데는 시간이 걸린다는 거야."

잠시 동안 우리는 선생님이 부리는 마법에 걸린 것처럼 몽롱했다.

"자, 이제 말해봐. 선생님 얼굴이 세상 사람들에게 뭐라고 말하는 것 같아?"

이렇게 묻고는 스스로 대답했다.

"내 얼굴은 이렇게 말해. '난 현명하다. 난 도도해. 난 자신만만하다고.' "

선생님은 엄지와 중지로 빠르게 딱딱 소리를 내며 말을 이어갔다.

"내 얼굴은 세상 사람들에게 말해. '난 다정한 사람이야. 물론 가끔은 냉정할 때도 있지.' 너무 웃어서 생긴 이 잔주름 좀 보라고."

선생님은 자기 눈을 찌를 듯 가리키며 말했다.

"이 잔주름들은 내가 농담을 좋아한다는 증거야. 이 다크서클들은 또 어떻고. 이것들은 내가 밤늦도록 잠들지 않는다는 뜻이지."

"뭘 하느라 늦게까지 안 자요? 숙제 검사하시느라? 아님 연애하시느라?"

존-존이 물었다.

그 말에 선생님은 고개를 젖히며 웃었다. 눈가에 잔주름이 잡혔다. 팔찌가 쨍그랑거렸다.

"내 얼굴은 세상 사람들에게 무슨 말을 할까? 그건 '난 멋지다!'란 말이라고 생각해."

이번에도 선생님은 엄지와 중지로 딱딱 소리를 냈다. 애들은 재미있는 영화라도 본 듯 박수를 치며 크게 외쳐댔다.

"계속해요, 선생님!"

"우리 하이파이브 해요!"

"선생님이 정말 어떤 사람인지 말해줘요!"

선생님은 애들을 조용히 시킨 뒤 자신이 어떤 사람인지 더 설명하기 시작했다. 선생님은 시내 어느 광고회사의 간부였었다. 몇 달 전 그 회사와 교육위원회는 전문가들에게 휴가를 주어, 한 해 동안 변두리 학교에서 가르치도록 하는 프로그램을 만들었다. 전부터 선생님은 학교에서 가르치기를 원했다. 그래서 맥클렌턴 중학교에서 교사로 일해 보기로 했고, 일하는 동안 가르치는 일을 계속 할 것인지 결정할 생각이라고 했다.

곧 이어 선생님은 시험을 볼 테니 종이를 준비하라고 했다. 깜짝시험을 보겠다는 것이었다. 조금 전까지 하이파이브를 하던 애들 목소리가 금세 가라앉았다. 웜은 선생님이 잠시 주의를 돌리려 한다고 생각했다. 하지만 선생님은 정말로 평가를 해보겠다고 못을 박았다. 그러니까, 우리가 뭘 아는지, 뭘 모르는지 알아내겠다는 거다.

이 깜짝시험 결과는 성적에 포함되지 않는다고 말했다. 시험이라면 주눅이 드는 존-존이 갑자기 똑똑한 척했다.

"성적에 들어가지도 않을 시험을 왜 치나요?"

그 애가 다리를 책상 위에 걸치면서 물었다.

선생님은 존-존 쪽으로 성큼성큼 걸어가서 책상 위에 놓인 그 애 다리를 밀쳐 떨어뜨렸다. 그리고 종이를 나눠주고 조용히 시키면서 말했다.

"그건 내 맘이야, 됐니?"

5

집에 왔더니 엄마가 시내에 가서 옷을 사준다며 현관 앞에서 나를 기다리고 있었다. 직장에서 보너스를 타서 돈 좀 뿌려도 되게 생겼다는 것이다. 뭐, 어떤 돈이든 나야 상관 없고, 내가 좀 얻어 쓸 수 있다면 좋은 일이다. 그래서 나는 말끔하게 단장하고 나섰다. 자동차 한 대 광을 낼 만큼 엄청난 양의 립글로스를 칠하고, 바지는 손 대면 베일 정도로 주름을 잡았다. 정말 백만 년만에 뭔가 있어 보이게 차려 입었다. 그것도 샤를리즈 존스의 도움 없이 말이다.

학교에서는 모두들 나한테서 눈을 못 뗐다. 심지어 존-존까지 멈칫하다 깜짝 놀랐다. 교실에 들어가자 모든 시선이 나를 향했다. 그 가운데 샤를리즈만 뭔가 찬물을 끼얹는 말을 입에 담았다.

“너네 엄마가 드디어 정신이 나가서 옷을 사 준다는 말이지? 하기야 그럴 때도 됐어.”

내가 샌더스 선생님 수업에 들어가자마자 샤를리즈가 말했다.

내가 샌더스 선생님 교실에 들어갔을 때 선생님은 막 과제를 주던 참이었다. 두 사람이 한 조가 되어 하는 과제였다. 샤를리즈는 선생님에게 나와 한 조가 되고 싶다고 말했다. 그렇게 해서 과제 전부를 나한테 떠넘길 속셈이다. 하지만 선생님은 그런 속임수에는 도가 튼 사람이었다. 선생님은 자신이 직접 조를 짜줄 거라고 하면서, 나와 데스다를 한 조로 묶었다. 샤를리즈는 기분이 영 좋지 않은지 가방을 싸서 교실을 나가버렸다. 샌더스 선생님은 그 애가 나가는 것쯤은 신경 안 쓰는 모양이었다.

데스다는 작달막하고 뚱뚱한 아이로 문 가까이 앉아 있었다. 그 애는 무슨 음식이든 뚝딱 만들어내는 재주로 전교에서 유명하다. 칠면조, 속을 채운 닭, 고기 수프, 세 가지 치즈를 넣는 마카로니 요리, 파스타 샐러드, 튀긴 스테이크, 라자냐 등 뭐든 문제없이 만든다. 요리대회에 나가면 상을 휩쓴다. 심지어 필스버리 시에서 열리는 빵 굽기 대회에서 상금 오백 달러를 받기도 했다. 그리고 자기가 만드는 음식의 조리법에 ‘데스다 달링의 맛 좋은 뒤죽박죽 초콜릿칩 케이크’라는 식으로 이름을 붙이기도 했다.

하지만 데스다가 상금 오백 달러를 쓸 일은 없을 것이다. 그 상금은 대학 장학금으로 주어지는 것인데 데스다는 대학 입학은 고사하고 상장에 쓰여 있는 글을 읽을 수도 없는 애다. 들리는 소문으로는 샌더스 선생님이 데스다를 따로 가르치기 시작할 것이란다. 어이구, 데스다가 글을 읽게 된다고? 차라리 돼지가 하늘을 나는 게 쉽지.

그건 그렇고, 선생님은 우리한테 17세기라는 과거로 돌아간 십대 청소년이 되라고 했다. 과거로 돌아간 우리의 경험을 시간 순으로 쓰는 역할 놀이가 과제다. 존-존이 손을 들더니 도대체 왜 그런 과제를 해야 하는지 물었다.

"그건 정말 말도 안 되는 거예요."

그 애가 얼굴을 찌푸리며 말했다.

선생님도 뭔가 그럴싸한 구실을 찾으려고 골똘히 생각하는 모양이었다. 손가락은 입술에 얹고, 대답이라도 쓰여 있는 것처럼 천장을 올려다보았다.

"다른 사람이 되어 산다면, 다른 사람의 눈으로 세상을 본다면 어떤 느낌이 들지 알아보자는 거야."

선생님이 설명했다.

선생님은 숨을 깊이 들이쉬면서 눈을 감았다. 그러고는 우리도 그렇게 하도록 했다.

"어렸을 때 역할 놀이 좋아했지? 지아이 조라는 군인이나 바비 인형 놀이를 했잖아. 이것도 마찬가지야. 역할 놀이를 하는 거지."

"지아이 조는 한 물 갔어요. 누가 그런 놀이를 한 대요?"

존-존이 교실이 떠나가도록 소릴 질렀다.

"아무나 너희가 원하는 사람이 되는 거야."

선생님이 존-존에게 다가가며 말했다. 그리고 이 과제는 우리가 글을 얼마나 잘 쓰는지, 상상력을 얼마나 잘 활용하는지 보여주기 위한 것이라고 설명했다. 그러니 투덜대는 건 그만두라는 거였다.

"자자, 이제 시작하자!"

난 데스다 쪽을 쳐다보았다. 그 애는 커다란 이를 허옇게 드러낸 채 자기 입술을 사탕처럼 빨고 있었다.

그 모습에 난 잠시 할 말을 잃고 책상 위에 연필만 굴려댔다. 그러면서 데스다가 뭔가 시작하길 기다렸지만, 그 앤 꼼짝도 하지 않았다. 무려 십 분 동안 입을 꽉 다물고 말이다. 그때 시계탑처럼 커다란 선생님이 다가왔다.

"너하고 네 짝은 시간을 좀 제대로 써야 하는 거 아니니? 이십 분밖에 안 남았잖아."

난 종이를 꺼내어 뭔가를 쓰기 시작했다.

"우리가 해야 하는 건 이거야."

내가 데스다에게 말했지만, 그 애는 히죽히죽 웃으면서 눈곱만 뗐다. 결국 난 데스다는 내버려두고 나 혼자 하기로 했다.

우선 난 바람이 잘 통하는 성에 사는 여자애라고 상상했다. 또 부모님이 촛불을 충분히 밝게 켜주지 않아서 불만이라고 생각했다. 그러고는 생각하기 시작했다. 그런 먼 옛날에 살았다면 난 노예였을 거야. 배 밑바닥에서 눈이 멋진 남자애하고 같이 쇠사슬에 묶여 있는데, 다른 계집애는 내가 먹을 음식 부스러기를 자꾸만 훔쳐가고 말이야. 빼빼 마르고 냄새 나고 굶주린 데다 그렇게 마음에 드는 미소년과 내내 붙어 있으면서 가슴 아파하는 거야. 그래서 일기를 썼다.

일기야, 안녕?

생선은 별로 좋아하지 않지만, 지금 난 고래 한 마리도 통째 먹을 수 있을 것 같아. 지난 3주 동안 아무것도 못 먹었거든……. 아니, 5주였나? 그들은 우리에게 구더기가 들끓는

썩은 쌀만 줬어. 엄마는 늘 나한테 너무 말랐다고 했는데 지금 내 모습을 본다면 아마 비명을 지를 걸. 갈비뼈와 무릎뼈가 다 드러날 정도야. 복숭아뼈가 감자만하게 보인다니까. 먹을 게 없고 악취가 풍기는 건 그래도 참을 수 있지만, 킨자리란 애가 날 쳐다보는 건 정말 못 견디겠어. 엄마는 내가 허영심만 가득하고 바보 같은 애라고 하거든. 근데 여기서는 남자애가 날 두고 무슨 생각을 하는지 알고 싶어 죽는 처지가 되었어. 그래도 어쩔 도리가 없어. 내가 사는 마을에서 킨자리 가족과 우리 가족은 서로 잘 아는 사이야. 어쩌면 두 가족들이 우리를 결혼시키려는 건지도 몰라. 열 세 살밖에 안 된 내가 결혼이라니. 어쨌든 나 같은 꼴을 한 여자한테 청혼할 사람은 없을 테지. 나한테서 나온 오물더미에 앉은 나한테, 바글대는 이를 없애려고 머리를 빡빡 밀어버린 나한테 말야. 피부마저 사막 바람에 깎인 나무껍질처럼 잿빛으로 말라 비틀어졌거든.

킨자리는 날마다 뚫어져라 나를 쳐다봐. 내 눈 안에서 해가 떠오르는 모습이라도 보이는 것처럼. 왜 그렇게 날 쳐다보는지 물어보고 싶긴 해. 내가 눈을 뗄 수 없을 만큼 아름답기라도 한 걸까? 난 묵묵히 있을 따름이야. 아빠는 늘 말했어. 아름다움은 그걸 알아보는 사람 눈에만 보이는 거라고.
어떤 때 잠에서 깨면, 입냄새를 맡을 정도로 그 애와 가까이 붙어 있는 거야. 나도 그렇지만 그 애 입냄새는 정말 끔찍해. 뭐, 상관없기는 하지만. 그냥 그 애가 곁에 있다고 생각하면 안심이 되니까. 그 애가 곁에 있다는 생각이 좋다는 말이지.

난 한참을 앓았어. 그러다 어느 땐가 일어났더니, 킨자리는 이미 가버렸어. 죽었다는 거야. "그 앤 물집투성이였어. 천연두에 걸렸으니까." 나와 같은 쇠사슬에 묶인 계집애가 자기 앞니를 뼈다귀 핥는 것처럼 빨아대며 알려줬어. "노예 상인들이 킨자리를 바다에 던졌어."

그런데 이 계집애가 누구냐고. 내게서 먹을 걸 훔치는 애잖아. 그러니 그 말을 믿어야 할까? 판단이 안 서.

— 아켈마

이 일기를 데스다에게 읽어줬더니, 그 애는 아켈마라는 이름은 어쩌다 떠오른 거냐고 물었다. 그래서 내 이름을 거꾸로 쓰면 거의 그렇게 된다고 했다.

"일기에서 아켈마는 왜 또 그렇게 말을 엉터리로 하는 거야?"

데스다가 다시 물었다.

"진짜라면 그렇게 얘기하는 사람이 어딨어? 옛날 영화나 책에서만 그러는 거잖아."

그렇게 말하고는, 아빠가 죽기 전에 나한테 읽어준 책에서는 사람들이 늘 그런 식으로 말했다고 알려줬다.

"그냥 좀 설렁설렁 말하는 거겠지."

샌더스 선생님은 애들이 쓴 일기를 집어 들고 몇 장을 크게 읽었다.

난, 아, 제발 내 건 읽지 마세요, 하는 마음으로 벽 쪽으로 고개를 돌렸다.

그런데 데스다가 손을 들고는 선생님에게 우리 걸 읽어달라고 부탁했다. 선생님은 우리 일기가 최고라고, 이제껏 들어본 것 중에 가장 생각이 깊은 글이라고 칭찬했다.

"데스다, 말레카, 참 잘했어!"

데스다는 웃음을 띤 채 꼿꼿하게 앉아 커다란 앞니를 드러냈다. 다른 때라면 데스다의 그런 모습에 짜증이 났을 것이다. 일기를 쓰는 데 눈곱만큼도 보탠 게 없는 애가 저러고 있으니 말이다.

하지만 이렇게 새 옷으로 차려 입고 기분 엄청 좋은 오늘이니까, 데스다를 때려잡거나 하진 않기로 했다. 그냥 빨리 거기서 빠져 나오고 싶었다. 심지어 샤를리즈가 함께 가자고 부르는데도 대답조차 하지 않았다. 오늘은 그야말로 나의 날이었고, 그런 날에 누구든 초를 치는 건 참을 수 없는 일이니까.

하지만 샌더스 선생님 생각은 좀 달랐다. 선생님은 나와 데스다를 따로 구석에 앉힌 다음, 우리더러 과제를 계속하라고 지시했다. 다른 애들은 빼고 딱 우리 둘만 말이다. 그렇게 하면 무슨 보상이 돌아오는지 데스다가 묻자, 선생님은 성적에 가산점을 주겠다고 했다. 겨우 가산점……. 그러자 데스다가 즉시 빠져나갈 궁리를 했다. 자신은 그 일기에 기여한 게 전혀 없다고 털어놓았다. 나 혼자 다 했다는 것이다. 선생님이 나를 향해 돌아섰다. 그러자 데스다는 자리를 빠져나갔다.

글쎄, 모르겠다. 내가 왜 그렇게 하겠다고 했는지. 새 옷을 입어서 그랬을까. 이제 그만하겠다고 말해서 오늘 이 좋은 기분을 망치고 싶지는 않았다. 게다가 난 전부터 그런 글을 쓰는 게 재미있었다. 물론 그 얘기는 선생님한테 안 했다. 그랬다간 무슨 불이익이 돌아올지 모른다는 생각이 들었다.

6

일 분쯤 복도를 걸으면서 보니 애들은 모두 내가 입은 새 옷에 눈길을 주고 있었다. 그런데 바로 다음 순간 당장이라도 나하고 싸울 듯한 대프니 로빈슨이 보였다. 저번에 내가 복도에서 자기 남자친구와 키스를 했다는 것이다.

'윔은 내 입 근처에도 못 왔어. 걔하고 키스한 건 샤를리즈라고!'라고 소릴 지르고 싶었지만, 난 참았다. 입을 다물어야 할 때 그러질 못하는 애들 때문에 학교에서는 늘 나쁜 일이 일어난다.

난 걸음을 멈추지 않은 채 대프니에게 잘못 짚었다고 말해줬다. 그 말을 할 때 생각만큼 침착하지는 못했던 것 같다. 손가락이 떨리기 시작하고 목은 타들어 갔다. 한 판 싸우고 싶어 하는 대프니 마음이 느껴졌다. 바로 다음 순간 그 애는 내 땋은 머리를 잡았다. 그러고는 권투선수들 주먹에 감는 테이프처럼 내 머리를 손에 감더니 내 정수리를 때리기 시작했다.

나는 대프니보다 키가 크다. 그래서 팔을 뻗어서 벌레 잡듯 내려치기만 하면 될 듯 보였다. 하지만 난 그냥 온 힘을 다해서 그 애를 밀쳐내기만 했다. 그럴 때마다 그 애 손에 잡힌 내 머리가 빠질 듯 아팠다.

애들이 가득 둘러서서 소리를 질러댔다.

"아주 본때를 보여줘! 남자친구 가로채는 인간은 당해도 싸!"

선생님들은 그 난리를 끝내려고 모여 있는 애들을 교실로 돌려보내려 했다.

내가 싸우는 동안 샤를리즈는 극장에서 하듯 사탕을 물고 그냥 서 있었다. 난 끼어들어서 말리거나 아니면 웜하고 키스한 건 자기라고 말해주기라도 하라는 심정으로 샤를리즈를 쳐다봤다. 하지만 그 애는 아무 생각 없이 이 사이에 낀 초콜릿을 파내고는 사탕 한 알을 더 꺼냈다.

그때 갑자기 샌더스 선생님이 나타나서 애들 사이를 뚫고 싸우고 있는 우리에게 다가왔다. 선생님을 보고 그렇게 반가운 마음이 들 거라고는 상상도 못한 일이었다. 그런데 정말 반갑기 그지없었다. 맥클렌턴 중학교의 그 어떤 인간도 무리를 헤치고 전

진하는 샌더스 선생님을 막지는 못할 것 같았다. 그전에는 싸움과는 영 거리가 먼 나였다. 도대체 싸움이라고는 한 적이 없었다. 그런데 내 쪽으로 다가오는 선생님 모습을 보자, 갑자기 힘이 솟는 걸 느꼈다. 그래서 손을 높이 들고는 대프니가 나한테 한 그대로 갚아줬다. 그러자 선생님은 내 손을 잡고 그만두라고 말했다. 그건 엄청난 실수였다. 내가 멈칫하는 사이에 대프니는 마지막 한 방을 날릴 기회를 잡았기 때문이다. 그 애는 웜 아빠의 커다란 농구 골대를 들어서 내 얼굴을 후려쳤다. 내 뺨은 금세 빵처럼 부풀어오르고 턱으로 피가 흘러내리는 걸 느꼈다.

선생님은 바지 호주머니에 손을 넣더니 거기에 티슈 상자라도 넣어 둔 것처럼 여러 장을 꺼냈다. 교장인 퍼졸리 선생님은 교실로 돌아가지 않으면 교장실로 부르겠다며 애들을 쫓았다. 바로 다음 순간 대프니는 악마들을 불러모으듯 목 안 깊숙한 곳에 있는 가래를 끌어올렸다. 그 애는 내가 미처 짐작도 하기 전에 커다랗고 끈적한 녹색의 덩어리를 나한테 날렸다. 그리고 그 덩어리는 정확하게 내 셔츠에 착륙했다. 샤를리즈가 제일 먼저 폭소를 터뜨린 애들 가운데 하나였다.

퍼졸리 선생님은 대프니의 팔을 잡고는 교장실로 오라고 말했다. 샌더스 선생님은 티슈로 나한테 묻은 피와 가래를 닦아냈다.

그러는 동안 내가 무슨 위험한 짓이라도 할 것처럼 나를 꼭 잡고 있었다.

"놔줘요! 선생님이 살던 곳으로 돌아가란 말예요!"

잡힌 팔을 빼내며 내가 소리쳤다.

"이제 그만해."

교장선생님이 내 쪽으로 오며 말했다.

"선생님, 저 여잔 왜 여기서 이러는 거예요? 저 여잔 자기가 무슨 짓을 하는지 모른다고요!"

얼굴을 감싸쥔 채 내가 말했다.

퍼즐리 선생님은 내 팔꿈치를 붙들고 애들에게 날 양호실로 데려가도록 일렀다. 그런 뒤 대프니를 데리고 교장실로 돌아갔다. 그 애는 끌려가면서도 궁시렁거렸다. 자기가 유급을 당하면 나도 그래야 한다고.

샌더스 선생님은 두 팔을 높이 들고는 애들에게 수업에 들어가라고 말했다. 난 그저 저 여자가 언제 내 인생에서 사라져줄지 궁금할 따름이었다.

7

3주 동안 TV도, 전화도, 친구들과 외출하는 것도 금지됐다. 그게 모두 그 싸움 때문이라니. 게다가 그런 벌보다 더한 것이 기다린다. 교장 선생님, 샌더스 선생님, 엄마, 이렇게 세 사람은 머리를 맞대고 상의한 끝에 날 제대로 처벌할 방법을 생각해냈다. 세 사람은 그게 전혀 벌이 아니라고 했지만 그건 확실히 벌이다. 나한테 일자리를 주기로 한 것이다. 돈도 못 받고 조금도 재미없는 데다가 내가 원하지도 않는 일이다. 어쨌든 엄마가 마음을 정한 이상, 돌이킬 수 없다.

내 일이란 교무실에서 서류철 만들기나 편지지 접기 같은 것들이다. 이건 샌더스 선생님의 뛰어난 아이디어 덕분이다. 어제 밤 선생님은 엄마하고 통화하면서 그런 결정을 내렸다. 나도 그

대화를 조금 엿들을 수 있었다. 샌더스 선생님은 내가 재능을 낭비하고 있느니 뭐니 했다. 또 학교가 나 같은 애들이 떨어져나가지 않도록 제대로 된 방법을 찾아내야 한다는 얘기도 했다. 엄마는 그런 헛소리를 믿었다. 하지만 진실을 말하면 샌더스 선생님은 허풍쟁이에 거만한 꼰대다. 그래서 자기를 빼고 모든 사람은 깨진 항아리 같아서 자기가 수선해줘야 한다고 거들먹거리는 것이다.

선생님과 통화하는 동안 엄마가 홀짝거리는 페퍼민트차의 향이 나한테까지 전해왔다.

"말레카는 보기보다 훨씬 가능성이 많은 애예요. 교장이 하자는 대로 내버려두는 건 그 애를 다시 다른 애들 틈바구니로 밀어넣는 일이죠."

엄마는 선생님과 오랫동안 통화했다. 통화가 끝나자 나는 엄마한테 선생님은 자기가 무슨 짓을 하는지 모르는 사람이라고 말했다. 정식 선생도 아니라는 사실까지 말이다. 하지만 엄마는 전혀 상관없다고, 오히려 선생님이 마음에 든다는 거였다.

"이제껏 그 학교에서 너한테 무슨 일이 벌어지는지 말해준 사람이 또 누가 있었니? 그게 맘에 든다. 그것만 봐도 선생님은 진심으로 일을 하는 거야. 돈 때문이 아니라."

난 선생님은 돈에는 신경도 안 쓴다고, 돈이라면 얼마든지 있는 사람이라고 얘기했다.

"돈에 신경 안 쓴다고 너무 감탄하지 마, 엄마. 부자에다 좋은 직장까지 있는 사람이 왜 이 맥클렌턴 중학교까지 오겠느냐고요."

엄마는 잠시 생각에 빠져 앉아 있었다.

"얘야, 난 너무 그렇게만 생각하지는 않겠다. 지금 제일 중요한 건, 그 선생님이 이곳에 있다는 사실이니까."

엄마가 말을 이었다.

내가 교무실 일을 안 할 수 있게 엄마를 설득하는 건 있을 수 없는 일이다. 오히려 엄마는 내가 일을 안 하려고 잔꾀를 부리면 집에서 경을 칠 거라고 협박했다. 그래서 난 일을 하는 동안 샌더스 선생님의 문제를 제대로 알아내기로 했다. 선생님이 나에 관해서 아는 만큼 나도 선생님이 누군지 알아야겠다는 생각이다.

그래서 일을 시작한 첫 날, 난 서무실 캐럴 선생님에게 샌더스 선생님 이야기를 물었다. 워낙 수다스런 캐럴 선생님이니까 뭔가 말해줄 거란 생각이 들어서였다.

하지만 캐럴 선생님은 팔짱을 끼고 날 노려봤다.

"여기서 네 임무는 일이야. 그렇지?"

"그렇죠."

마른 입술을 깨물어 뜯으며 내가 대답했다.

"그럼 어른들 일에는 신경 끄고 일이나 차분히 하렴."

같은 교무실에서 일하는 맥신이란 여자애는 서류를 묶는 척했지만 우리가 하는 이야기를 다 듣고 있었다. 난 팔짱을 낀 캐럴 선생님 곁을 떠나 시키는 대로 서류를 묶었다. 캐럴 선생님한테서 샌더스 선생님 얘기를 들을 수는 없다는 게 확실해졌다. 잠시 뒤 나는 다른 선생님들이 주는 서류에 구멍을 내는 일을 하기 시작했다. 그 선생님들은 기회가 있을 때마다 샌더스 선생님 험담을 했다.

"난 회사에서 선생님을 보내는 프로그램이 조금도 효과가 없다고 생각해."

과학을 가르치는 맥 선생님이 말했다.

"학교는 회사처럼 굴러가지 않아. 순식간에 뭔가 성과가 날 수 없지. 뭔가 바뀌는 데는 시간이 필요하니까 말야."

"고삐 풀린 망아지 있잖아. 그 여자가 딱 그거라니까."

사서인 벤슨 선생님이 숨도 쉬지 않고 말을 이어갔다.

"그 선생님은 정해진 교과과정도 제대로 따르지 않는다고. 애들을 너무 밀어붙이기만 하는 거야. 애들한테, 오늘은 오십 쪽 읽고 내일은 삼십 쪽 읽어라, 하는 식이거든. 확실히 말야, 그 선생님을 오시게 한 건 실수야."

내가 가까운 자리에서 일을 하고 있다는 걸 알았다면 선생님들은 좀 조심을 했을 것이다. 어쨌든 선생님들은 내가 거기 있는 걸 몰랐다. 서류 집게가 몇 개 떨어져서 그걸 집으려고 살그머니 책상 아래 쪼그리고 앉았다. 그래서 거긴 아무도 없는 것처럼 보였을 것이다. 캐럴 선생님은 구석에서 복사 중이고 맥신은 심부름으로 분주했다. 내가 일어서자, 맥 선생님은 얼굴이 빨개졌다. 선생님은 날 똑똑한 척하는 애로 여길 것이다. 그래선지 입술을 잔뜩 오므리고 말했다.

"이런, 말레카야. 여기 교무실에서 일을 하다니, 운이 좋아도 너무 좋은 애구나!"

그러고는 쿵쾅쿵쾅 걸어서 교장 선생님 방으로 들어갔다. 교장 선생님은 맥 선생님이 하는 얘기를 모두 들은 모양이다.

"맥 선생님, 때로는 일을 좀 다른 방식으로 하는 아이디어도 필요해요. 뭔가를 시도해서 조금이라도 달라진다면 좋은 거 아닙니까?"

교장 선생님이 맥 선생님에게 말했다.

"죄송합니다, 교장 선생님. 그래도 전 말이죠, 잘못을 저지른 애들을 규칙대로 다루지 않고 되레 보상을 주는 건 아니라고 봅니다. 정말 아니에요. 그렇다면 잘한 애들은 어떻게 합니까? 방과 후에 남게 해서 벌을 주나요?"

"맥 선생님, 나쁜 애들이란 없어요. 다른 애들보다 좀 더 응원해줘야 할 애들이 있을 뿐이고요."

맥 선생님은 혀로 딱딱 소리를 내며 벤슨 선생님과 나란히 복도를 걸어갔다. 학생들은 두 사람 사이엔 뭔가 있는 게 분명하다고 믿었다. 둘이 키스하거나 손잡고 다니는 건 아무도 보지 못했지만.

퍼졸리 선생님은 나한테 걱정할 거 없다고, 할 일만 열심히 하면 모든 게 잘 풀릴 거라고 말했다.

선생님이 말하는 내내, 난 어떻게 하면 이 일에서 빠져나갈까, 궁리했다. 내 말은 이 일에서 도망치겠다는 게 아니라, 공짜로 해주는 이런 따위보다 더 나은 일이 있다는 거다.

8

엄마가 집에서 나한테 금지된 것들을 풀어준 이유는 교무실에서 일을 하게 되었기 때문이다. 그 일 덕분에 내가 조금씩이라도 달라질 거라고 믿었다. 그런 생각을 하다니 엄마는 완전 미쳤지만, 난 아무런 말도 하지 않았다. 뭐, TV 보고 전화 쓸 수 있으면 그걸로 만족이다. 더구나 오늘은 토요일이다.

하지만 당장은 전화를 쓸 수가 없다. 친구 스위츠가 우리 집에 놀러 와서 전화를 독차지하고 있기 때문이다. 스위츠 엄마는 무지 엄한 사람이어서 스위츠에게 절대 전화를 내어주지 않는다. 그래서 그 애는 여기 우리집 내 침대에 배를 깔고 누워, 수화기 저쪽에서 래리가 뭐라고 한 마디 할 때마다 짧은 다리를 공중에 다 대고 흔든다.

우린 둘 다 절대로 남자애들하고 말을 하면 안 되는 신세다. 그래도 아주 가끔은 그럴 기회가 있다. 스위츠는 마치 래리가 직접 눈 앞에 있는 듯 행동한다. 입술에는 립글로스를 바르고 머리를 예쁘게 묶고 옷은 말끔히 솔질을 했다.

스위츠는 여섯 살 때부터 래리를 좋아했다. 스위츠는 래리도 자길 좋아하지만 너무 숫기가 없어서 말을 안 할 뿐이라고 생각한다. 사실이 그런지는 알 수 없는 노릇이다. 래리는 스위츠에게 온통 농구 얘기만 해댄다. 둘은 지금도 뉴욕 닉스가 어제 경기에서 이겼다는 얘기만 하고 있다. 그런데 누구라도 지금 스위츠가 활짝 웃는 모습만 보면 래리한테 고백이라도 받은 줄 알 것이다.

나와 스위츠는 유치원 시절부터 내내 친구 사이다. 그 애는 마을 건너편 학교에 다니는데, 자기 말로는 '예의 바르고 똘똘한 여자애들이 다니는 학교'란다. 나도 그 학교에 갈 수 있었다. 성적이라면 내가 스위츠 못지 않은 정도가 아니라 더 나았으니까. 하지만 마지막 순간에 내 마음이 바뀌었다. 면접에서 나는 한 가지 질문에 일부러 답을 하지 않았다. 엄마는 너무나 놀라서 집으로 돌아오는 지하철에서 내내 울었다.

물론 제대로 계획을 세우고 그런 건 아니었다. 그냥 좀 바짝 얼어 있었다고 할까. 학교가 너무 크고 깨끗하고 멋져서 겁이 난 것 같다. 게다가 거기 다니는 여자애들……. 걔들은 모두 잡지 화보에서 방금 튀어나온 것처럼 생겼다. 하나같이 긴 생머리에, 감자칩이나 캐슈넛(열대 견과류) 아니면 매리제인 상표의 사탕처럼 연갈색 피부였다. 나처럼 짙은 아몬드 초컬릿 색깔인 애는 없었다. 우리 동네 학교처럼 짝짝거리며 껌을 씹거나 킬킬거리는 애도 없었다.

그렇게 다른 점들이 스워츠에게는 아무런 문제가 되지 않는다. 자기도 다른 애들 못지않게 그 학교에 다닐 자격이 충분하다는 게 스워츠의 주장이다.

"네 피부색이면 딱 좋은 거야."

내가 그 애의 통통하고 까만 얼굴을 찌르며 말했다.

"색깔이 문제가 아니라니까."

스워츠가 말을 이었다.

"너 자신을 어떻게 생각하는지가 중요한 거야."

그 애는 발이 잘못된 발레리나처럼 발끝으로 서서 빙글빙글 돌았다.

"난 영국 여왕, 미국 대통령, 영화배우 열 명을 합친 것보다 못하지 않아. 그러니까 그 학교든 어디든 당연히 날 받아줘야지."

스워츠는 손을 공중에 흔들며 말했다. 난 스워츠의 그런 마음

가짐이 보답을 받은 거라고 생각한다. 결국 그 고상한 학교에 다니게 되었으니.

지난해까지 스위츠와 나는 모든 일에 함께했다. 근데 지금 스위츠는 온통 공부만 한다.

"애들을 따라가야 하거든."

스위츠가 말했다.

"같은 올A 성적이라도 옛날 학교에서 받는 것하고 여기서 받는 게 다르니까. 정말 땀을 흘리고 반쯤 죽어야 A를 받는단 말이지."

스위츠는 이미 삼십 분이 넘게 전화에 매달려 있다. 그래서 그만 끊으라고 했더니, 오 분만 더 통화하겠단다. 오 분이라고 하면 십오 분이 될 테니까, 난 하던 일로 돌아갔다. 침대 밑에는 온갖 쓰레기가 다 있었다. 양말, 카드, 먼지, 오랫동안 찾던 귀걸이, 오래 되어 딱딱해진 토스트 한 쪽, 한동안 안 보이던 거울. 그 거울은 싸구려지만 옛날에 아빠한테 받은 물건이어서 오래 간직하고 싶었다. 플라스틱으로 만든 손잡이에는 흰 토끼가 여러 마리 그려져 있다.

거울에 얼굴을 비춰보았다. 대프니의 반지에 찢어졌던 상처는 사라졌다. 엄마 말로는 내가 아빠를 닮아서 상처가 빨리 아문다는 거다. 아빠를 닮은 건 그것만이 아니다. 내 눈도 아빠를 빼닮았다. 짙은 색에 아몬드 모양을 한 눈과 길고 까맣고 숱이 많은 속눈썹이 그렇다.

입술은 엄마를 닮아서 두텁고 옆으로 길다. 지금 이름은 기억이 나지 않지만 TV에 나오는 어느 남자 배우 입술과 비슷하다. 물론 그 배우 입술은 부드럽고 말랑말랑하고 잘 생겨서 얼른 키스하고 싶게 만들지만. 코하고 귀는 누굴 닮았는지 모르겠다. 엄마도, 아빠도 아닌 건 확실하다. 코는 작고 좀 눌렸다.

어렸을 때 아빠는 늘 내 코를 꼬집었다.

내 피부는 아빠와 같은 색이다. 어렸을 때 일터에서 돌아온 아빠는 종종 말했다.

"난 커다랗고 따뜻한 코코아 컵이다!"

그건 나더러 아빠를 꼭 안고 입을 맞추라는 얘기였다. 난 아빠가 그러는 게 참 좋았다.

옛날에는 내 피부색이 싫거나 그렇지 않았다. 그런데 어느날 애들이 내 피부색을 두고 놀리기 시작했다. 그때부터 내 외모에 뭔가 문제가 있다는 생각이 들었다. 아빠가 죽자 문제는 더 꼬여갔다.

아빠가 준 거울을 이십 분은 들여다본 것 같다. 정말 이해를 못 하겠다. 난 내가 나름대로 예쁘다고 생각하는데, 사람들은 도대체 왜 내가 보는 걸 못 볼까? 그런 생각을 하고 있는데 갑자기 뭔가 떠올랐다. 머리를 잘라야지. 방바닥에 놓인 잡지의 표지 모델처럼 아주 짧게 말이야. 그래서 스위츠에게 전화를 끊으라고 소리쳤다. 그 애는 들은 척도 안 하고는 래리가 또 무슨 말을 했는지 생글생글 웃었다.

"전화 끊으라고!"

이번에는 래리에게도 들리도록 크게 말했다.

"안 끊으면 래리한테 말할 거야. 네가 누구 좋아하…."

미처 말이 끝나기도 전에 스위츠는 수화기를 내려놓았다. 그리고 베개로 내 머리를 때렸다.

"그게 아니라는 거 알잖아!"

스위츠는 날 계속 내리쳤다.

스위츠에게 머리를 자르겠다고, 정말 짧게 자를 거라고 말했다.

"사람들이 아주 몰라보게 말야."

"그러니까, 아주 빡빡 밀겠다는 거야?"

스위츠가 물었다.

"아니, 그 정도는 아니고. 하여간 아주 짧게, 이 정도로."

잡지 표지를 보여주며 대답했다.

스위츠는 땋은 머리를 푸는 걸 도와주었다. 그러면서 네 손으로 자르면 안 된다고 일렀다.

"네 손으로 머리를 자르면 넌 정말 못 봐줄 거야."

스위츠는 바로 얼마 전에 자기 사촌언니 로니가 시내에 미용실을 열었다고 했다.

"미용실에 갈 돈이 어딨어?"

내가 말했다. 스위츠 말로는 지난주에도 사촌이 공짜로 머리를 잘라줬다고 한다. 끝나고 바닥이나 깨끗이 쓸면 된다며 말이다.

스위츠는 로니 언니에게 전화를 걸어 오라는 허락을 받았다. 로니 언니는 머리를 잘라주는 대신 토요일마다 세 번 와서 일을 돕고 엄마한테 머리를 잘라도 좋다는 메모를 받아오라고 했다. 그걸 엄마한테 납득시키는 데는 두 시간이 걸렸다. 엄마나 스위츠 누구에게도 머리를 자르려는 진짜 이유를 말하지 않았다. 표지 모델처럼 머리를 자르면 사람들이 날 달리 보기 시작하고 달리 대할 거라고 말이다. 두 사람 다 그런 말을 하는 날 이해하지 못할 테니까. 스위츠와 함께 시내로 걸어가면서 난 아무 말도 하지 않았다. 로니 언니는 소지품을 맡기라고 한 뒤, 내 머리에 헤어젤을 발라 머리가 부드럽게 풀어질 때까지 기다렸다. 그런 다음 헤어젤을 씻어냈다. 그러자 내 머리 위에는 작고 까만 곱슬머리 덩어리 수 천 개가 반짝였다.

언니는 집게를 꺼내 옆머리 몇 군데를 집고, 뒤통수 부분도 편편하게 다듬었다.

"음, 그런데 있잖아."

언니가 허리에 두 손을 얹고 입을 열었다.

"말레카가 이 머리 스타일을 하고 있으려면 뭔가 좀 특별한 자세가 필요해."

난 그게 무슨 뜻인지 물었다.

그때 건조기 아래 앉아 있던 여자가 일어나 나왔다. 여자는 자기 귀에서 클립 귀걸이를 빼면서 로니 언니에게 알코올을 달라고 했다. 그러고는 투박한 그 귀걸이를 알코올에 소독한 뒤, 나한테 한 마디도 하지 않고 무작정 내 귀에 끼웠다.

"이건 네가 만만찮다는 걸 보여주는 스타일 가운데 하나야. 이 스타일을 한 여자들은 모두 샤프하거든."

집게들로 다시 머리 모양을 만들면서 언니가 말했다.

거울에 비친 나는 도무지 믿기지 않는 모습이었다. 나는 내 모습이 맘에 딱 들었다.

"립글로스는 있니?"

언니가 의자를 돌려가며 머리 모양을 살피면서 물었다.

손가방을 뒤져 머피 상점에서 산 불그스레한 립스틱을 꺼냈다.

"립스틱을 바르기엔 너무 어리지 않아?"

언니가 물었다. 언니는 자기 곁에 있는 카다란 바셀린 통에 있는 걸 손가락으로 찍어 입술에 바르도록 했다. 언니가 작업을 마치자, 다른 세 미용사와 몇 몇 손님까지 날 에워쌌다. 어떤 여자 손님은 머리에 온통 유연크림을 바른 채였다. 사람들은 모두 내가 정말 예뻐 보인다고 감탄했다. 스위츠는 고개를 끄덕이고 웃음을 지으면서 사람들 말에 동의했다.

"자, 이제 그 자세를 좀 보여봐!"

나한테서 보자기를 벗기며 언니가 말했다.

난 머리를 숙이고 팔짱을 꼈다. 또 다른 여자가 건조기 아래에서 나와 잔뜩 폼을 잡은 걸음걸이로 미용실을 가로질렀다.

"얘, 자세를 잡아보란 말야!"

이렇게 말하면서 그 여자는 패션모델처럼 엉덩이를 튕기는 걸음걸이로 자세를 낮췄다가 돌았다가 하며 걸었다.

"자세를 보여줘!"

이번에는 스위츠가 시범을 보이며 소리쳤다.

미용실 안에 있는 모든 사람들이 내 쪽으로 고개를 돌렸다. 나는 엄지와 중지로 딱딱 소리를 내며 뭐나 되는 사람처럼 폼을 잡고 걸었다. 난 내 모습이 멋지다고 생각했다. 아까 귀걸이를 끼워준 여자가 다가오더니 내 엉덩이에 손을 얹고는 말했다.

"엉덩이를 더 세게 흔들어야 해. 네가 장난하는 게 아니라는 걸 사람들한테 보여주라니까!"

난 엉덩이를 양쪽으로 심하게 흔들면서 성큼성큼 걸었다. 그리고 패션쇼 무대에 선 것처럼 필을 힘차게 뻗었다.

"잘한다!"

어떤 여자가 소리쳤다.

"흔들어! 흔들어! 멈추지 말고!"

"말레카, 너 진짜 멋지다!"

스위츠가 말했다.

"딱 너한테 어울리는 헤어스타일이야!"

새 손님이 들어와서 로니에게 다가갔다. 그러자 귀걸이를 준 여자는 다시 건조기 밑에 앉고, 다른 여자도 유연크림을 씻어내기 위해 세면대로 갔다. 나는 빗자루를 들고 바닥을 쓸기 시작했다.

9

월요일이 되어 수업에 들어갔을 때, 미술을 가르치는 앨런 선생님은 날 잠시 쳐다보다가 깜짝 놀라는 시늉을 했다. 앨런 선생님은 나한테 무슨 일이 벌어졌는지 묻고 싶은 모양이었다. 물론 선생님들은 그런 개인적인 것들을 솔직하게 묻지는 않는다. 하지만 애들은 다르다. 학교에 들어서자마자 모두들 나를 둘러싸고 머리가 왜 그렇게 짧은지 알고 싶어했다.

난 존-존이 내 헤어스타일을 좋아하지 않을 거라고 예상했다. 뭐, 그 애가 나한테서 좋아하는 게 있을까? 어차피 아무것도 없다. 그리고 샤를리즈와 쌍둥이 자매는 싫어할 거라고 생각했다. 속으로는 예쁘다 생각해도 말이다.

3교시가 되자 애들은 날 뚫어져라 쳐다봤다. 4교시에는 혹시 무슨 일이 있을까 해서 집에서 가져온 야구모자를 쓰고 있었다. 사회를 가르치는 클라인 선생님이 나더러 모자를 벗으라고 했지만 난 엉터리 변명으로 모자를 쓰고 있어도 좋다는 허락을 받았다. 곧 어떤 애가 모자를 휙 하고 채 가는 바람에 땅콩 모양을 한 머리에 골짜기가 생기고 말았다.

이게 도대체 무슨 일이람? 내 말은, 난 예쁘다는 거다. 난 그냥 원래부터 예쁘다고 생각했다. 그런데 나한테 무슨 일이 일어난 걸까? 데스다가 나한테 와서 애들이 귀찮게 하는 걸 내버려두지 말라고 했다. 난 이따가 보자고 말했다. 화장실에 갔더니, 아무도 없었다. 난 거울을 보고 울기 시작했다.

"있잖아, 말레카야."

나는 내게 말을 걸었다.

"머리를 다시 길게 붙이고 피부를 하얗게 칠하고 발까지 내려오는 가죽 코트를 입고 학교에 오면 어떨까? 근데 아무리 그래도 비열한 말로 너한테 상처를 주는 사람이 있을 거야. 이 학교는 원래 이 모양이니까."

화장실 여기저기를 걸으며 뭘 어떻게 할지 고민했다. 벽에 쓰여 있는 것들을 읽기 시작했다.

"샤를리즈 + 윔 0원히"

"누가 날 좀 씻겨줘!"

"학교가 좋아진다면, 넌 바보란 증거"

세면대에 걸터앉아 머리를 자르던 지난 토요일을 떠올렸다.

손을 올려 조금밖에 남지 않은 머리를 만지자 눈물이 고였다. 물론 내가 원했던 것이고, 또 로니 언니 미용실에서는 멋지게 보인 것도 사실이다. 하지만 학교 화장실의 거울에 비친 모습은 뭔가 좀 달랐다.

* * *

세면대에서 내려와 벽거울 쪽으로 기댄 채 아빠 생각을 했다. 아빠는 종종 말했다.

"말레카야, 넌 네 자신만의 눈으로 네 모습을 봐야 해. 그래야만 네가 어떤 사람인지 알 수 있는 거야."

팔을 뻗어 가방에서 아빠가 준 거울을 꺼내 내 모습을 찬찬히 들여다보았다. 콧물이 흐르고 있었다. 코를 풀고는 티슈를 던져버렸다. 얼굴에 물을 좀 끼얹은 뒤, 손으로 탁탁 쳐서 물기를 없앴다. 손가방 깊이 넣어 둔 작은 통에서 바셀린을 찍어 입술에 발랐다. 그러고는 모자를 둥글게 만들어서 가방에 집어넣고 화장실을 나섰다.

10

우리집은 자명종 시계를 새로 사야 한다. 지금 있는 것은 제멋대로 울린다. 새벽 두 시든 밤 열 시든 아무 때나 울린다. 한 가지 확실하게 예측할 수 있는 건 이 시계는 울려야 할 때 결코 울리지 않는다는 사실이다.

엄마가 내 방에 들어와서 지금 안 일어나면 늦는다고 해도 별로 놀라지 않았다. 이번 주만 해도 고장 난 자명종 때문에 벌써 세 번이나 지각했다. 그래서 엄마 말은 무시하고 이불을 뒤집어 쓰고 돌아누웠다.

"일어났어, 일어났다고요!"

난 손깍지를 끼고 머리를 떨군 채 침대 모서리에 앉았다. 엄마가 아침식사를 준비하느라 아래층으로 돌아간 뒤에도 눈을 뜰 수 없었다. 겨우 세수를 하고 옷장에서 바지나 다른 옷을 뒤졌다. 엄마가 새로 만든 셔츠는 건드리지 않았다. 엄마가 그 옷 얘기를 꺼내지 않기만을 바랄 뿐이었다. 엄마 마음을 상하게 하고 싶지는 않지만 그 셔츠는 한 쪽 어깨가 다른 쪽보다 올라가게 만들어졌다. 엄마는 그것 때문에 세 번이나 손을 댔는데 옷은 전혀 나아지지 않았다. 그래도 엄마한테는 그 얘길 하고 싶지는 않다.

스위츠는 왜 엄마가 만든 옷은 입고 싶지 않다고 말하지 않느냐고 끈질기게 묻는다. 하지만 난 그럴 수 없다. 엄마는 재봉틀을 돌려야 한다. 안 그러면 엄마에게 어떤 일이 일어날지 모른다.

마침내 식탁에 앉았더니 오트밀은 탱탱볼처럼 차갑고 미끈거렸다. 난 오트밀 대신 말라빠진 토스트를 먹었다. 엄마가 나를 슬쩍 훑어보았다. 그러고는 나한테 와서 터틀넥을 펴서 바로잡았다. 그 옷도 엄마가 만들었는데, 길 건너 아주머니와 함께 만든 것이어서 아주 나쁘지는 않다.

엄마는 파란색 유니폼을 입었다. 오늘 엄마는 평소와는 좀 다른 차를 마셨다. 차에서는 닭고기 수프 냄새가 났다. 엄마는 차를 젓기만 할 뿐 마시지는 않았다. 나는 엄마 옆머리에 잽싸게 입을 맞췄는데, 엄마는 내가 그러는 걸 알지조차 못했다. 아침마다 늘 그러듯 신문에만 눈길을 주고 있었다. 식탁에는 신문 두 가지가 활짝 펼쳐져 있었다. 아주 가끔 신문이 바닥에 떨어지는 일도 있었고, 엄마가 신문을 읽으며 먹는 달걀이나 베이컨 때문에 신문에 기름이 묻기도 했다.

엄마는 주식시장이 어떻게 되는지 날마다 알아야 한다. 직접 옷을 만들어 입혀 절약하는 돈은 주식을 사는 데 쓴다는 것이다. 엄마는 주식 투자로 언젠가는 부자가 될 거라고 생각하지만, 실제로는 한 푼도 주식에 투자하지는 않는다. 이런저런 것들을 아껴 몇 백 달러가 모이면, 그때마다 수도가 새거나 지붕에 구멍이 났다. 엄마가 꾸는 꿈은 하나 더 있다. 세상을 떠난 친척이 찾아와서 557, 810, 119 같은 복권 번호를 알려주면, 그 번호에다 전 재산을 다 건다. 그러면 틀림없이 마지막 한 푼까지 다 잃어버릴 것이다. 그게 우리 집 행운의 전부다. 죽은 멍청이 친척들이 와서 잠 자는 우릴 깨워 행운의 복권이라며 번호를 알려주는데, 그게 사실은 재수없는 번호라는 거다. 누가 그런 번호를 원할까?

엄마는 그래도 절대 포기하지 않고 돈을 벌 방법을 찾아 헤맨다. 엄마는 냉장고 그릇, 잡지, 예쁘지만 허름한 부엌용품 같은 걸 팔았다. 아무리 그래도 우린 늘 가난했다.

많은 사람들이 우리 엄마가 정상이 아니라고 생각한다. 사람들은 미친 사람에게 말할 때처럼 큰 소리로 엄마에게 말한다. 그럴 때마다 그 사람들 얼굴에는 능글맞은 웃음이 보인다. 엄마만 모르는 비밀을 알고 있다는 듯이 말이다. 하지만 그런 사람들은 엄마를 놀리는 대가를 받고 만다. 엄마는 세상에서 가장 똑똑한 사람이니까. 엄마는 수학의 달인이어서, 내가 아는 한 엄마만큼 덧셈을 빨리 하는 사람은 없다.

엄마는 때때로 날 당황스럽게 한다. 엄마가 어떤 사람이냐면 장바구니를 내려놓고 길에서 여덟 살짜리 애들하고 줄넘기를 하는 그런 사람이다. 동네 남자애들하고 골목야구도 하고, 길모퉁이 술주정뱅이들과 다음 선거에서 누가 이길 것인지를 두고 말싸움을 벌인다. 내 친구들이 엄마를 놀릴 때도 있다. 하지만 막상 내가 엄마에 대해 불평을 늘어놓으면 스위츠와 친구들은 오히려 나한테 입 닥치라고 했다. 나처럼 그 애들도 이 동네에서 엄마만큼 마음이 넓은 사람은 없다는 걸 아는 것이다.

난 엄마에게 키스를 날리면서 엄마 곁을 지나 학교로 향했다. 엄마는 자신이 아는 유일한 프랑스말로 나한테 말했다. "Je t'aime ma petite. 사랑한다, 꼬맹아." 그런 다음에는 다시 신문의 주식 소식에 눈길을 주면서 제너럴 일렉트릭이라는 회사의 주식이 이십 퍼센트 떨어졌다고 중얼거리고 있었다. 그게 뭘 뜻하는지 몰랐다. 엄마도 틀림없이 몰랐을 것이다.

11

맥클렌턴 중학교는 급식 아줌마를 화나게 해도 괜찮은 그런 곳이 아니다. 나오는 음식 꼴이 영 이상하거나 냄새가 지독해도 입을 닥치고 있는 게 좋다. 그렇지 않으면 스파게티 그릇에 머리가 처박힐 수도 있다. 피자에 연필 깎은 찌꺼기가 들어 있거나 후춧가루 든 우유를 마시게 된다.

하지만 오늘 샤를리즈는 무슨 일인지 단단히 틀어졌다. 그 애는 급식 아줌마들에게 자기 신경을 건드리지 말라고 경고라도 하는 듯 행동했다. 급식 줄에 서서 그 애는 햄버거가 강아지 응가 같다고 말했다. 음식을 나눠주는 브라운 아줌마는 아무 말도 하지 않았다. 아줌마는 그냥 뭔가 목에 걸린 듯 헛기침을 하면서 손가락으로 짧은 회색 머리칼을 쓸어 올렸다. 급식 줄을 빠져 나와서야 샤를리즈는 무슨 일이 벌어졌는지 알게 되었다. 그 애 우유에는 상추 조각이 섞였다. 포크에는 음식이 말라 붙었고, 햄버거 빵에는 도저히 설명할 수 없는 게 들어 있었다. 나하고 샤를리즈가 그게 뭔지 알아내려고 애를 썼지만, 뭔가 죽은 것이라는 생각이 들 뿐이었다.

난 늘 싸오는 도시락을 함께 먹자고 권했다. 오늘 도시락은 볼로냐 샌드위치였다. 샤를리즈는 내 도시락에는 관심이 없었다. 그 애는 식판을 식탁에 쾅 하고 던지듯 내려놓았다. 갑자기 식당 전체가 조용해졌다.

"좀 제대로 된 걸 먹으라고 줘야 하잖아!"

그 애는 급식 아줌마들이 들을 정도로 소리를 질렀다. 브라운 아줌마는 태연히 콩을 저으면서 땀을 훔쳤다.

"내 앞에서 꺼져!"

샤를리즈가 같은 식탁에 앉은 여자애한테 소리쳤다. 샤를리즈는 그 애가 자리를 피할 여유도 주지 않고 기름지고 딱딱한 콩을 그 애 얼굴 쪽으로 튕겼다. 그러고는 할 말이 있으면 해보라고 부추겼다.

그 여자애는 어떻게 하는 게 좋은 일인지 알고 있었다. 그래서 턱에 묻은 끈적한 콩 소스를 닦아내면서 자리를 떴다.

"그래야지."

샤를리즈가 젖은 손을 내 배낭에 쓱쓱 닦으면서 말했다.

"다음에는 저 계집애가 내가 말하기도 전에 자리를 비킬 거야. 내는 돈에 맞는 걸 줘야 할 거 아냐."

샤를리즈가 말했다. 그러면서 식판을 내 쪽으로 밀었는데, 너무 세게 밀어서 거의 식탁에서 떨어질 뻔했다.

"말레카, 그거 갖다 줘. 그리고 저 여자들한테 말해. 다른 걸로 달라고. 지금 당장."

내가 보기에 샤를리즈는 거의 미친 것 같았다.

"아줌마들은 이 식판을 받으려고도 안 한다는 거, 샤를리즈, 너도 알잖아."

내가 떨리고 메마른 목소리로 말했다.

내 말을 들은 샤를리즈는 처음에는 말이 없었다. 한참 동안 눈도 깜박이지 않고 나를 노려봤다.

"지금 사람들 앞에서 내가 널 내동댕이쳐야겠니?"

쌍둥이 자매 가운데 하나를 다섯 번 때리면서 샤를리즈가 물었다.

"그러니까 내가 싸온 볼로냐 샌드위치를 먹자고 했잖아."

내가 말했다.

샤를리즈는 허리에 손을 얹은 채 내 쪽으로 돌아섰다. 그 애 얼굴은 '설마 나한테 하는 말은 아니겠지?'하고 말하는 듯했다.

달리 방법이 없었다. 그래서 난 그 애의 식판을 들고 급식 줄의 끝으로 갔다. 내 앞에는 대충 스무 명 정도가 서 있었다. 드디어 내 차례가 되어 브라운 아줌마 앞에 섰을 때, 뱃속에서 꼬르륵 하는 소리가 났다.

샤를리즈의 식판을 본 브라운 아줌마 얼굴에는 웃음기라고는 없었다. 나는 아줌마에게 문제가 뭔지 설명했다. 아줌마는 음식을 돌려받기는 하겠지만 샤를리즈가 직접 가져와야 한다고 말했다. 멀리 떨어진 곳에서 샤를리즈가 나한테 소리를 지르기 시작했다. 전교생이 그 애 소리를 들었다. 어느 선생님이 샤를리즈에게 조용히 하라고 말했다. 하지만 샤를리즈는 여전히 나를 뚫어져라 노려보았다.

브라운 아줌마는 나를 더 이상 몰아세우지 않고 오래된 음식을 식판에 던져 넣기 시작했다. 아줌마가 그 괴상한 게 들어 있는 햄버거를 집었을 때, 나는 아줌마에게 그러지 마시라고 말했다.

"그만하세요."

내 목소리는 기어들어갔다. 아줌마는 뭔가 다른 이야기를 할 것 같은 얼굴을 보이다가, 나한테 물러서라는 손짓을 하면서 줄 뒤에 선 애들을 향해서 말했다.

"다음!"

"말레카, 어서!"

샤를리즈가 소리를 질렀다. 나는 아까하고 똑같은 햄버거가 올려진 식판을 가지고 일회용 케첩과 겨자 소스가 있는 쪽으로 갔다. 거기서 햄버거 안에 있는 그 더러운 것을 떼내어 소스와 함께 제일 위에 적당히 버무렸다. 그리고 고기 위에 케첩과 겨자 소스를 올린 다음 샤를리즈에게 가져갔다.

샤를리즈는 빼앗듯이 식판을 가로채더니, 햄버거 빵을 들치고 고기를 꺼냈다. 모든 음식에 하듯 그 고기를 코에 대고 킁킁거리며 냄새를 맡았다. 그런 뒤 다시 고기를 빵에 올리고 그 위에 다른 빵 조각을 덮었다.

"왜 그래? 아줌마가 침이라도 뱉었을까봐?"

레이나가 물었다.

"제발, 응? 얼른 먹고 가자."

샤를리즈는 웃으며 크게 한 입 베어 물었다.

"말레카, 넌 꺼져."

입 안 가득 빵을 물고 샤를리즈가 말했다. 난 왜 그러는지 묻지 않았다. 그냥 도시락을 챙겨 일어나서 다른 식탁으로 가면서 소리없이 크게 웃었다.

데스다가 구석에 혼자 앉아 있어서 그리로 갔다. 막 앉으려는데, 도시락으로 싸온 샌드위치가 종이봉지에서 빠져 나와 바닥에 떨어졌다. 엄마는 샐러드오일을 많이 쓴다. 그게 심장에 좋다고 말이다. 엄마는 종종 그걸 지나치게 퍼붓는다. 오늘이 바로 그런 날이었는지, 바닥이 온통 샐러드오일로 번들거렸다.

데스다가 몸을 굽혀 샌드위치를 집더니 나한테 건넸다. 난 포장지로 쓴 셀로판지를 티슈로 닦아 벗겨낸 뒤 샌드위치를 먹기 시작했다.

입 안 가득 볼로냐 소스와 빵을 물고 있는데 칼렙이 다가와서 내 외모를 칭찬하기 시작했다. 입가로 샐러드오일이 흘러나오는데, 아무리 빨리 닦아도 소용이 없었다. 그런 건 안중에도 없다는 듯, 칼렙은 계속 떠들었다.

"말레카야, 너한테 할 말이 있어."

칼렙이 내프킨을 집어 내 턱에 묻은 샐러드오일을 닦아주면서 말했다.

오늘은 데스다하고 숙제를 할 거니까 다음에 얘기하는 게 좋겠다고 했다. 그럼 나중에 얘기하자며, 칼렙은 문을 향해서 걸어갔다. 칼렙이 식당을 나서기 전에 샤를리즈가 그를 부르더니 빤히 쳐다보았다. 칼렙은 샤를리즈에겐 아무런 관심도 없는 듯 걸음을 멈추지 않았다. 샤를리즈가 칼렙에게 들이대는 건 칼렙이 날 좋아하기 때문이 아닐까, 하는 생각을 멈출 수 없다.

데스다는 조금 전에 한 숙제 얘기를 진짜라고 알아들은 모양이었다. 그래서 나더러 수학 숙제는 마쳤는지 물었다. 물론 벌써 했을 리가 없는데 말이다. 그렇다고 물러설 데스다가 아니다. 그 애는 막무가내로 숙제 자료를 꺼내더니 수학 문제를 끝도 없이 물었다. 수학이라면 나한텐 식은 죽 먹기지, 하고 데스다에게 말했다. 그리고 나도 모르는 사이에 난 이미 그 애 숙제를 해주고 있었다.

"그렇게 쉬운 숙제면 왜 어제 저녁에 하지 않았어?"

데스다가 궁금한 모양이었다.

"너무 알려고 하지마."

내가 말했다.

"난 그 숙제를 내리 세 시간이나 붙들고 있었거든."

데스다가 감자칩을 입에 우겨 넣으며 말을 이었다.

"그러다 결국은 포기하고 TV 봤어."

감자칩 기름기가 데스다의 숙제장을 물들이기 시작했다.

이십 분쯤 뒤 우린 식당을 나설 채비를 했다. 그때까지 샤를리즈는 식당 앞쪽에 앉아 있었다. 남자애들게 둘러싸여 있어서 보이는 거라곤 보라색 신발과 고급 브랜드의 꽉 끼는 깜장 스커트밖에 없었다. 그 애가 가려고 일어서자 한 남자애가 그 애 허리에 팔을 두르면서 귀에다 대고 뭐라고 속삭였다. 샤를리즈는 웃었지만 그건 진심이 아닌 게 분명했다. 그 애는 선글라스를 쓴 뒤 영화배우나 되는 듯 그 애를 졸졸 따르는 남자애들을 거느리고 출입구를 행해 걸어갔다.

문을 나서기 전에 샤를리즈는 내 쪽을 건너다보았다. 그러더니 선글라스를 코까지 내려서 거의 입술에 걸치게 했다. 나를 노려보던 샤를리즈가 쌍둥이 중 하나에게 뭐라고 소근거리고는 다시 움직이기 시작했다.

"무시해."

데스다가 말했다. 곧 이어 레이즈가 다가왔다.

"샤를리즈 수학 숙제는 다 했는지 물어보라는데?"

난 가방에서 종잇장들을 꺼냈다. 샤를리즈는 나와는 다른 수학 수업에 들어간다. 거기 애들은 숫자라면 아는 게 없다. 레이즈에게 숙제를 건네주었다.

"사회 숙제는 할 시간이 없었어."

사회 숙제도 다 해서 가방 속에 있지만 난 거짓말을 했다. 샤를리즈가 요구한 대로 하지 않은 건 이번이 처음이었다.

“우리 둘 것도 했니?”

레이즈가 물었다.

난 걔들 수학 숙제도 넘겨주었다.

식당을 나오자 데스다는 그런 애들 숙제는 해 줄 필요 없다고 말했다.

“그래, 네 말이 맞아.”

내가 대답했다.

12

오늘 난 화장실에서 오래도록 기다렸다. 샤를리즈는 끝내 나타나지 않았다. 아마 어제 자기 곁을 지키지 않은 벌을 주려는 모양이었다. 누구든 그 애가 오라면 오고 가라면 가야 한다. 나 대신 이걸 해, 하면 순순히 해야 한다. 그렇지 않으면 뭔가 나쁜 일이 생기니까. 사회 숙제를 해 주지 않았기 때문에 오늘 샤를리즈는 옷을 가져다 주지 않을 것이다. 그러니 엄마가 만든 옷을 입고 교실에 들어가거나 어제 샤를리즈가 준 옷을 다시 입어야 할 판이다. 어제 옷은 책가방에 들어 있다. 그 옷은 빵 한 덩어리 크기가 되도록 겹겹이 접혀 있다. 그래서 칼렙의 할머니 얼굴에 있는 주름보다 더 심하게 구겨진 상태다.

달리 방법이 없어서 그냥 엄마가 만든 옷을 입기로 했다. 거울

쪽으로 두 팔을 뻗어보았다. 나쁘지 않다. 적어도 소매 양쪽 길이는 같고, 단추도 가지런히 달려 있다. 어깨에서 소매로 내려가는 재봉선이 비뚤어진 정도다. 그만하면 아주 나쁘진 않다.

수업은 빠져야겠다고 생각했다. 며칠 전 샌더스 선생님한테서 책을 한 권 받았다. <노예 소녀의 일생>이라는 책. 내가 글을 쓰는 데 도움이 될 거라고 했다. 책은 벌써 두 번이나 읽었다. 그걸 읽느라 이틀이나 밤을 샜다. 엄마가 알아차리지 못하도록 이불 속에서 손전등을 켜고 읽었다. 책을 읽으며 난 울었다. 아켈마를 생각하고, 아켈마가 육지에 도착한 뒤 벌어질 일을 생각했다.

수업을 빠져야 하나 들어가야 하나 망설이는데, <노예 소녀의 일생>을 오 분만 더 읽어야겠다는 생각이 들었다. 곧 이어 수업 시작을 알리는 종이 울렸다. 책을 가방에 집어넣고 교실을 향해 뛰었다.

"뛰지 말고 걸어요, 매디슨!"

어떤 선생님이 말했다.

"방금 떨어뜨린 종이도 줍고."

다행히 아무도 그 종이에 쓰인 걸 보지 못했다. 그건 아켈마의 또 다른 편지였다.

일기야, 안녕?

사람이 배가 고프면, 정말 배가 고프면, 구더기가 득실대는 옥수수죽도 맛있어. 그 여자애가 내 음식의 마지막 한 덩어리를 입에 집어 넣는 모습을 보고 나도 모르게 저절로 입맛을 다셨어. 그 애는 도둑년이야. 어제 저녁 나는 그 애 손을 잡아채고 나한테서 훔쳐간 걸 빼앗으려 했지. 그 바람에 음식은 바닥에 떨어졌고, 또 다른 누군가가 그걸 차지했어. 그 애는 사자처럼 자기 자신 말고는 아무도 챙기지 않았어.

— 아켈마

교실에 다다르기 직전 존-존이 시비를 걸었다.

"새 옷인 거야? 응?"

존-존이 비아냥대며 물었다.

난 걸음을 멈추고 그 애 쪽으로 돌아서서 날이 선 소리로 되물었다.

"넌 왜 나만 보면 시비야, 응?"

그럴 용기가 어디서 났는지 모르겠다. 아켈마를 생각하다 보면 왜 사람이 사람을 업신여기는지 의아해진다. 그래서 그랬는지도 모른다.

"왜 이렇게 쌀쌀맞아?"

빠른 걸음으로 함께 복도를 걸으며 존-존이 말했다. 그 뒤로 존-존은 입을 다물었다. 발을 디딜 때마다 그 애가 신은 커다란 운동화가 끼익끼익 소리를 냈다.

곧 이어 내가 던진 한 마디는 그 애뿐 아니라 나 자신까지 놀라게 했다.

"왜 하필 나야?"

뭘 묻는지 알면서도, 존-존은 그냥 걷기만 했다.

"왜 날 미워하는 거냐고?"

존-존을 똑바로 쳐다보며 다시 물었다.

그 애는 뺨을 실룩거리며 말했다.

"무슨 헛소리야?"

그 말에 난, 이 녀석이 미쳤나, 하는 생각이 들었다. 존-존은 늘 날 미워한다고 생각했는데, 오늘 이 녀석은 그렇지 않다고 말하고 있다.

"너에 관해서는 관심도 없어."

바지를 추켜올리면서 그 애가 말했다.

우리 둘밖에 없던 복도에 갑자기 애들이 바글거리며 서로 밀치고 난리를 피웠다. 선생님들도 애들 무리를 움직이게 하려고 애를 썼지만 소용이 없었다.

"날 놀리는 노래, 그건 정말 나빠. 그거 정말 나쁘다고."

내가 말했다.

"그게 어때서? 누가 뭐라고 해도 넌 그렇지 않잖아."

뭐가 그렇지 않다는 건지 묻고 싶었지만, 존-존은 기회를 주지 않았다. 버스 여행을 간 날 내가 버스 안에서 당한 건 당연한 일이었다고 한다. 처음 만났을 때부터 내가 자신보다 잘났다는 듯 행동했다는 것이다.

존-존은 내가 지금까지 한 번도 보지 못한 모습을 보이고 있었다. 내가 잘난 척했다고? 언제 그랬지?

그 애는 정신 나간 바보처럼 보였다. 내가 잘난 척한 건 2학년 때 이 동네로 이사 오면서부터였다고 했다. 첫 날 나는 물방울 무늬가 있는 분홍색 새 원피스에 에나멜 구두를 신고 있었다. 선생님은 나더러 존-존 옆에 앉으라고 했다. 난 그 자리가 아니라 앞줄의 칼렙 옆자리에 앉고 싶었다.

"그 반쪽짜리 흰둥이 건달 옆자리 말이지."

말은 그렇게 하지만 존-존은 칼렙이 흑인과 백인이 섞인 애가 아니라는 걸 안다.

"그땐 칼렙이 누군지도 몰랐어."

내 입에서 말이 쏟아져 나왔다.

"그냥 앞줄에 앉고 싶었던 거야. 안 그러면 칠판이 안 보일 테니까."

존-존을 똑바로 쳐다보면서 말을 이었다.

"몇 해 동안 넌 별 이유도 없이 날 미워했잖아."

"천만에."

존-존이 대꾸했다.

"그때부터 널 미워할 이유는 수도 없이 많았어. 넌 엄청나게 잘난 척 했거든. 나 같은 건 말도 붙이면 안 된다는 듯 말야."

난 존-존에게 사실이 어땠는지 알려주려고 애썼다.

"난 제대로 따라가는 과목이 없었어. 게다가 샤를리즈는 끊임없이 날 괴롭히고. 그래서 좀 폼이라도 나게 보이려고 옷을 빌려 입어야 했다고."

"그렇겠지"

존-존이 말했다.

"넌 늘 자기가 나보다 낫다고 생각했잖아. 근데 한 번 봐. 너도 우리하고 다를 것 없이 추레하잖아. 아니, 우리보다 더 못할지도 몰라. 칼렙도 이젠 너라면 좋아하는 구석이 없을 걸?"

뭐가 재미있는지, 존-존은 머리를 아래위로 까딱거리면서 웃었다.

존-존은 하찮다는 듯 날 쳐다봤다. 그런 눈길은 참아주기 힘들었다. 나 자신을 다른 사람의 눈으로 보지 말라던 아빠 말이 생각났다. 난 계속 걸었다. 샌더스 선생님 교실의 문을 열고 들어설 때 존-존은 바로 내 뒤에 붙어 따라 들어왔다. 오늘은 지각한 걸 꾸짖는 선생님 목소리가 들리지 않았다. 그때 문득 존-존 매킨타이어가 날 질투한다는 생각이 들었다. 하지만 도대체 왜?

존-존이 한 얘기를 곱씹으며 오 분쯤인가 앉아 있는데 선생님은 여전히 보이지 않았다. 윔이 그 홀쭉한 엉덩이를 대프니의 책상에 걸치고 있는 모습을 보고서야 난 뭔가 잘못되었다는 걸 깨달았다. 교실 앞에서는 두 애가 칠판에 뭔가를 그리고 있었다. 선생님은 아픈 모양이었다.

'자습이라면 좋지. 오늘은 아무것도 안하고 노는 거야.'

나는 혼잣말을 했다. 그런 생각에 기분이 좋아져 웃기도 전에 교실 문이 열리면서 샌더스 선생님이 급하게 들어왔다.

"늦어서 유감!"

선생님이 숨 넘어가는 소리를 했다.

나도 '선생님이 와서 유감이네요.' 하고 입속말을 했다.

13

선생님들은 왜 우리가 듣고 싶어 하지 않는 얘기를 할까? 자기네 자식들이 얼마나 대단한지, 얼마나 큰 집에 사는지, 자기네가 사는 동네가 얼마나 조용하고 아름다운지, 대강 그런 얘기들이다. 이제 샌더스 선생님이 그런 얘기를 할 차례라고 생각했다. 변기가 막혀서 흘러 넘쳤고, 하얀 카펫에 얼룩이 지기 전에 닦느라 늦었다는 식의 얘기 말이다.

선생님은 가느다란 세로줄 무늬가 있는 회색 바지에 두 손을 꽉 대고 있다가 겉옷 소매를 아래로 당겼다. 오늘은 금 팔찌 없이 한 쪽에 시계를 차고 목에 금 목걸이를 했다.

오늘 아침 선생님은 기계처럼 끊임없이 움직였다. 서류가방을 내려놓고, 검은 손가방은 앞쪽 벽장에 넣었다. 그런 뒤 큰 주걱 같은 두 손을 짝짝 마주치면서 애들을 조용히 시켰다. 선생님은 손부채질을 했다.

"집주인이 온 거야."

선생님은 뭔가를 찾는 것처럼 서랍을 열었다 닫았다.

"난 절대 늦지 않는다는 거, 알지?"

선생님은 분필을 만지작거렸다. 그러더니 교실 여기저기를 서성거렸다. 얼굴에는 땀방울이 맺혔다. 교탁에 기대거나, 기억 안 나는 말을 알아내려는 듯 턱을 문지르기도 했다.

"자, 이제 시작해볼까?"

우리가 보고 있는 칠판은 보지도 않고 말했다.

"누구 말해볼까? 셰익스피어는 무슨 생각으로 이런 말을……."

마침내 선생님이 우리들 얼굴을 제대로 쳐다보며 수업을 시작했다.

아무도 대답하지 않았다.

"어제 읽으라고 한 삼십 쪽, 다 읽은 사람?"

선생님이 물었다.

거의 모든 애들이 손을 들었다. 한 쪽도 안 읽은 나도 손을 들었다.

"그럼 어디 한 번 공부해볼까?"

선생님은 칠판 쪽을 향했다. 칠판에 그려진 것을 본 선생님은 주먹으로 배를 한 대 맞은 것처럼 멈춰 섰다. 칠판에는 여자 얼굴이 그려져 있었다. 얼굴 왼쪽은 곱고 예뻤다. 그런데 오른쪽은 초가 녹아 내리는 것처럼 갈라지고 일그러진 모습이었다. 분홍색, 갈색, 파란색으로 그린 그림이었다.

'그것 참 엉망이네.'

그게 내가 할 수 있는 유일한 말이었다. 꼬불꼬불한 제목이 파란색 분필로 쓰여 있었다.

〈두 얼굴의 선생님〉

선생님은 딱 네 번 크게 팔을 휘둘러 그림을 지웠다. 마치 자동차 와이퍼가 최고 속도로 움직이는 것 같았다.

"어제 읽은 걸 요약해볼 사람? 존 매킨타이어?"

선생님이 존-존의 이름을 하도 이상하게 불러서, 수업시간에 뭘 하라는 게 아니라 그 그림을 그린 사람이 존-존이라고 비난하는 것처럼 들렸다. 존-존은 나를 따라 이 수업에 들어왔다. 선생님은 수업을 계속했다.

"오늘 읽을 게 뭔지 얘기해보자. 너희들이 로미오라면, 그래서 이룰 수 없는 사랑에 빠진다면?"

"헤어질 거예요."

존-존이 날 쳐다보면서 말했다.

"왜 마음 고생을 하나요? 그 애가 아니라도 널리고 널린 게 여자애들인데."

모두들 웃음을 터뜨렸다.

"얘, 존-존, 넌 그러지 못할 걸. 헤어지려면 먼저 여자친구가 생겨야 하잖아. 근데 너한테 그런 일은 절대 없을 테니까. 잡지도 않은 곰 가죽 파는 소리는 하지 마."

캐리 밀러가 놀렸다.

샌더스 선생님은 손을 탁탁 쳐서 분필 가루를 털었다. 그런 뒤 캐리의 말을 막았다. 선생님은 바로 캐리 책상 한 쪽에 엉덩이를 걸치고 다리를 꼬았다.

"존이 자기 나름의 이야기를 자기 방식으로 말하게 둬보자. 그리고 존, 넌 잊지 말아야 할 게 있어. 이게 너한테는 일생일대의 사랑이란 거야. 그런데 여자애 식구들은 너희 둘을 갈라놓으려 해. 여자애보다 네가 좀 못하다는 이유로 말이지."

"그런 얘길 하고 싶은 사람이 어디 있어요?"

내가 나지막하게 혼잣말을 했다.

선생님은 책상 사이를 오락가락하기 시작했다.

“그럼 너희들이 정말 얘기하고 싶은 주제는 뭐야?”

선생님이 물었다.

“말레카는 왜 그렇게 까만가, 하는 거요.”

존-존이 말했다. 선생님이 존-존을 노려봤다. 얼굴에서 웃음기를 지우고 팔짱을 단단히 낀 모습이었다.

“죄송합니다.”

존-존이 어깨를 으쓱거리고 선생님처럼 팔짱을 끼며 물러섰다.

“존, 교실에서 나가.”

선생님이 문을 가리켰다.

“있잖아요……”

“있긴 뭐가 있어?”

선생님이 존-존의 말을 잘랐다.

‘아유, 선생님, 그 정도는 그냥 잊어버리고 넘어가주면 안 되나요?’ 하는 생각이 들었다. 시간을 끌수록 더 복잡해진다는 거, 선생님은 정말 모를까?

잠시 뒤 존-존이 내 쪽을 보며 미안하다는 말을 웅얼거렸다. 물론 마음에 없는 말이었다.

“좋아, 그럼 이제 아까 얘기로 돌아가자.”

선생님이 말했다.

"너희가 로미오와 줄리엣이야. 너희 생각을 말해보는 거야."

선생님이 웃옷 단추를 끄르며 말했다.

"로미오와 줄리엣은 사람들이 정한 규칙을 따르지 않았어. 세상은 두 사람에게 기대를 저버리지 말라고 한 거야. 사람들이 원하는 대로 행동하고 사람들이 정해준 길을 가라고 말이지. 두 사람은 그걸 거부했고."

"네, 그러다 결국 죽어버렸죠. 선생님의 요점은 도대체 뭔가요?"

교실 뒤에서 윔이 소리쳤다.

"뭐가 요점인지는 너희들이 말하는 거야. 사람이나 사람이 아닌 무엇을 위해서 목숨을 바칠 수 있다고 믿는 사람 있을까?"

"자식들이요. 내 자식이라면 피를 줄 수는 있겠어요."

에릭이 대답했다.

"우리 엄마요."

데스다가 말했다.

"절대로 안 해요."

제러미였다.

"나 말고는 누구를 위해서도 죽지는 않을래요. 좀 냉정하게 들리겠지만, 그게 맞아요. 난 보기 좋게 까만 나 자신만큼 사랑하는 사람은 없어요."

어깨에서 손가락까지 입을 맞추며 제러미가 말했다.

그러자 선생님을 비롯해서 모든 애들이 입을 열었다.

"와, 제러미는 자기만 사랑한다는 거지. 참 대단한 제러미네."

레이나가 말했다.

제러미는 뺨을 문질렀다.

"야, 넌 먼저 네 자신을 사랑해야 하는 거야. 안 그러면 누가 널 사랑하겠니?"

"로미오는 줄리엣을 사랑하고, 우리 아빠는 엄마를 사랑해요. 사람은 다른 사람을 사랑하게 마련인 거예요."

데스다의 말이었다.

"하지만 사랑하는 사람이 사라지면, 그땐 누가 우릴 사랑할까요? 로미오가 죽으니까 줄리엣은 바보 같이 자살하고 말았어요. 줄리엣은 자기 자신보다 로미오를 더 사랑한 거죠. 근데 그게 말이 되나요?"

제러미가 다시 말했다.

이제 선생님은 교실 반대쪽으로 가서 제러미 옆에 섰다.

"우리가 다른 사람을 많이 사랑하면 안 된다는 얘기니?"

"내 말은 그게 아니고요. 우리가 남보다 자기 자신을 더 사랑하면 자기를 더 소중히 여길 수 있잖아요. 그렇게 되면 우린 남을 해칠 마음이 없어져요. 남을 해치면 결국 우리만 골치 아프게 되니까요. 따라서 자기를 사랑하는 사람은 쓸 데 없이 자기 자신에게 말썽이 일어나게 안 해요. 안 그래요?"

"잘한다! 완전 철학잔데. 계속 설교해봐!"

존-존이 제러미와 하이파이브를 하며 말했다.

"다시 로미오와 줄리엣으로 돌아가면 안 될까요?"

존-존이 떠드는 걸 막으려고 내가 말했다. 하지만 존-존은 다시 훼방을 놓으며 끼어들었다.

"넌 그거 읽지도 않았지?"

"존-존, 넌 왜 매번 말레카한테만 시비를 거니?"

제러미가 물었다.

"닥쳐!"

존-존이 소리를 질렀다.

"누구 맘대로!"

제러미가 자리에서 벌떡 일어나며 말했다.

나는 기분이 좋아 웃음이 났다. 존-존이 자기가 하던 그대로 당하는 모습을 봐서 그랬다.

"마칠 시간이 다 됐는데 너희 둘은 툭탁거리면서 시간을 허비하잖아."

윔이 말했다. 모두들 재가 갑자기 미쳤나 하는 얼굴로 윔을 쳐다보았다. 도대체 언제부터 저 녀석이 로미오와 줄리엣에 관심이 있었지?

"다른 애들 말하게 좀 조용히 해!"

캐리가 말했다.

"누군가 나 때문에 목숨을 버리기라도 한다면 좋겠어요."

데스다였다.

"너 같이 두터운 입술에 키스를 할 바엔 자살하겠어."

존-존이 또 끼어들었다.

"내 말은, 그거야말로 세상에서 가장 낭만적인 일 아닐까요? 누군가가 나 없이는 살 수 없다고 하는 거 말예요."

데스다가 존-존의 비아냥을 무시하고 말했다.

"맞아요. 그게 가장 낭만적인 일이겠네요."

난 생각하지도 않고 그냥 입을 열었다. 말을 하고는, 어떻게 하면 여기서 벗어날까 고민하며 입술을 깨물었다. 하지만 모두들 보고 있어서 이야기를 그만둘 수 없었다.

"삼 년 전에 아빠가 세상을 떠났을 때 엄마는 완전히 무너졌어요. 먹을 수도, 잠을 잘 수도 없었죠. 엄마는 밤새도록 안 자고 손을 씻고 문질렀어요. 결국 두 손이 다 헐었어요."

내가 손가락을 씹으며 말했다.

갑자기 교실 안이 조용해지는 바람에 좀 무서운 생각이 들었다.

"그때 난 열 살이었는데, 아기한테 하듯 엄마 이를 닦아주고 오트밀을 차려줬어요. 엄마는 내내 울기만 했고요. 작년 어느 날엔가 엄마는 마침내 다시 엄마로 돌아왔어요. 그날 아침에 일어나더니 나가서 재봉틀을 사 왔어요. 그러고는 옷을 만들기 시작했죠. 그 전에는 바느질이라곤 한 번도 안 했는데 말예요. 그렇게 한 번 시작하더니, 밤이고 낮이고 재봉질만 해요."

교실 뒷자리에 앉은 애들은 킥킥거리면서 비아냥대는 말을 던졌다.

'닥쳐!'

난 속으로 말했다.

'닥치라고!'

"옷을 만들면 만들수록 엄마 솜씨는 점점 나아졌어요. 그러는 동안 엄마는 자신을 추스르고 직장을 얻게 되었어요. 정말 그런 것 같아요. 그 사람이 없으면 살 수 없을 만큼 사랑하는 것보다 더 소중한 건 없다고 생각해요."

난 이야기를 마무리했다.

"그보다 더 소중한 건 정말 없어요."

말라는 우리 아빠가 세상을 떠났을 때 왜 친척 가운데 아무도 나와 엄마를 돕지 않았는지 물었다.

우린 친척이 없다고 대답했지만, 그건 사실이 아니었다. 뉴욕에는 이모가 있고, 여기저기 삼촌들도 있다. 하지만 친척들과는 별로 왕래가 없다. 친척들과 가까이 지냈다면 아빠가 세상을 떠났을 때 누구든 날 다른 곳으로 데려가거나 엄마를 어디 병원 같은 곳에 넣거나 그랬을 것이다. 그런 일은 일어나지 않았고, 엄마와 나는 아빠의 연금과 저축해둔 돈으로 버텼다.

내 이야기에 교실은 다시 조용해졌다. 곧 이어 수업 끝을 알리는 종이 교실의 침묵을 깨며 울렸다.

14

며칠 뒤, 나는 샤를리즈, 쌍둥이 자매와 함께 시간을 보내고 있었다. 샤를리즈는 내가 어떻게 하는 게 나 자신에게 좋은 일인지 안다면 자기와 함께 다니라고 말했다. 그러면서 지난 번에 내가 한 행동이 마음에 들지 않는다고 했다. 자기 숙제를 잊어버리고 안 한 것, 그리고 자기에게 건방진 소릴 한 것이란다. 그 애 말이 맞다. 그 애 앞에서 내가 너무 자만한 거다. 어쩌면 난 샤를리즈와 어울려 다니고 친하게 지내는 데 익숙해질지도 모른다. 그런 애의 반대편에 서는 건 도움이 안 되는 일이니까. 지난 번 식당에서 벌어진 일만 해도 그렇다. 난 교무실 일이 지겹다. 일을 시작한지 벌써 몇 주가 흘렀지만, 나는 여전히 지겨워 죽을 지경이다.

뭔가 재미있는 일이 있기를 바랐다. 그래서 5교시가 끝나자 교무실에 가는 대신 샤를리즈, 레이나, 레이즈와 탈의실로 향했다. 가는 길에 우린 하필이면 복도 감독을 맡은 샌더스 선생님과 마주쳤다. 선생님은 가장 먼저 나한테 교무실 일이 어떤지 물었다. 그리고 다시 물었다.

"너 지금 교무실로 가는 길이지? 오늘은 거기서 일하는 요일이잖아, 안 그래?"

이번에는 샤를리즈도 흥분하지 않고 쌍둥이 자매와 함께 선생님과 나를 지나쳐 갔다.

"안 그래도 가는 길이에요."

왔던 길을 되돌아 교무실 쪽으로 가며 내가 대답했다.

샌더스 선생님이 샤를리즈와 쌍둥이 자매에게 하는 말이 들렸다. 당장 수업에 들어가지 않으면 나중에 지각사유서를 내야 들어갈 수 있을 거라는 이야기였다.

선생님은 아기를 데리고 가듯 나를 교장실까지 데려다 주었다. 선생님은 언제나처럼 최고로 차려 입고, 돌고래가 뛰노는 고리형 금 귀걸이를 했다. 그리고 교장실까지 가는 동안 가볍게 말을 걸었다. 어떻게 지내는지, 이번 읽기 숙제는 다 읽었는지, 등을 물었다.

"선생님 옷은 유명한 브랜드죠?"

난 잘 알면서도 물어보았다.

선생님은 옷깃을 매만졌다.

"아마 그럴 걸?"

"확실하게는 모른다는 말씀인가요?"

"아니, 맞아, 말레카야."

이번에는 재빨리 대답했다.

"진짜 선생님들은 비싼 브랜드 정장은 못 입죠."

뭘 이야기하려는지 생각지도 않았는데 불쑥 나온 말이었다.

"광고회사에서 입던 정장들이야. 거기서는 정장이 유니폼이니까."

"엄마도 유니폼 입고 일해요. 선생님이 입은 옷은 유니폼은 아니에요."

선생님은 고개를 끄덕였다. 내 옷을 입었더라면 선생님과 아주 가까운 느낌이 들었을 거란 생각을 했다. 하지만 내 옷은 가방 안에 있고, 난 샤를리즈한테 빌린 옷을 입고 있었다.

"선생님은 여기서 도대체 무슨 일을 하나요? 이 맥클렌턴 중학교에서요."

함께 걷는 동안 선생님은 이따금 복도에 떨어진 껌종이나 깡통 고리를 주웠다.

"가르치려고 온 거지."

선생님의 대답은 몹시 덤덤했다.

"그럼 왜 다른 동네에 있는 가톨릭 학교에 가지 않았어요? 아니면 시내 사립학교에 가거나."

선생님은 아무 대답도 하지 않고 아주 천천히 걸었다.

"제 말은요, 가르치고 싶다고 일부러 여기로 오는 선생님은 없다는 거예요. 보통은 다른 곳에서 무슨 일을 망쳐서 여기로 쫓겨오니까요. 타이 선생님은 아마 그렇지 않을 거예요. 하지만 그 선생님도 좀 이상하긴 해요. 굳이 맥클렌턴으로 오길 원했다니까요."

그러자 선생님은 내가 예상 못한 교묘한 질문을 했다.

"넌 왜 이 학교로 왔니?"

"뭐라고요?"

난 팔짱을 단단히 꼈다.

"넌 왜 이 학교에 와 있냐고?"

선생님은 다시 물었다.

"네 기록을 봤더니 작년에 시내 건너편에 있는 센트럴 중학교에 합격했더구나."

"내 기록을 봤다고요?"

"학생들 기록은 다 봐. 회사에선 그렇단다. 사업 상대가 있으면 그 사람이 누군지, 무엇이 그 사람을 움직이게 하는지 알아야 해. 그래야 일을 더 잘 할 수 있거든. 학교에서도 마찬가지겠지. 상대를 알아야 한다는 거."

선생님이 나에 대해 모든 걸 알고 있다는 사실이 마음에 편치 않았다.

"선생님은 우리들에 대해 알잖아요. 그런데 우린 선생님을 몰라요. 여기 오기 전에 있었던 곳, 정장과 장신구를 좋아한다는 거, 태어날 때부터 얼굴이 그랬다는 거 정도밖에 모르죠."

선생님에 대해서는 알아야 할 게 별로 없다고 했다. 혼자 살고 아이도 없다. 옛 직장에서는 하루 열여덟 시간씩 일했고 늘 출장을 다녔다. 마흔 살이 되었을 때 선생님은 더 이상 그렇게 살고 싶지 않았다. 여섯 달 뒤 선생님은 회사 간부들을 학교에 보내는 교육위원회의 계획을 알게 되었다…….

"여기 오려고 그런 곳을 그만뒀단 말이에요?"

몸을 숙여 망가진 볼펜을 주우면서 내가 물었다.

"회사라는 곳은 경쟁이 아주 심해."

선생님이 설명했다.

"거기선 늘 남보다 앞서 생각하고 남보다 많은 실적을 올리려고 애썼지. 심지어는 옷도 경쟁자들보다 더 잘 입으려고 했으니까. 그게 날 완전히 지치게 만들었단다.”

“하긴, 선생님은 여기서 옷을 가장 잘 입어요.”

내가 말했다.

선생님은 정장에서 가장 위쪽 단추에 손을 댔다.

“언젠가는 돌아갈 계획이죠? 다시 큰 회사에서 일을 하러 말이에요.”

내가 물었다.

선생님은 고개를 저었다.

“아니. 나한테는 가르치는 일이 딱 맞아.”

“회사에서 버는 돈이나 일이 그립지는 않아요?”

선생님은 다시 고개를 저었다. 우린 모퉁이를 돌아서 교무실에 들어섰다. 선생님도 함께 들어와 문 옆 쓰레기통에 쓰레기를 버리고 다시 나갔다. 선생님과 내가 불협화음 없이 함께 있기는 이번이 처음이었다.

15

샌더스 선생님은 다른 선생님들을 완전히 뒤흔들어놓았다. 타이 선생님만 빼고 다른 선생님들은 샌더스 선생님을 좋아하지 않는다. 그런 선생님들은 퍼졸리 교장 선생님이 회사의 기부금을 노리고 샌더스 선생님의 비위를 맞춘다고 욕을 한다. 새 컴퓨터나 도서관 시설을 기증 받을지도 몰라서 그런다는 것이다. 이런 이야기들 때문에 샌더스 선생님은 더 미움을 받는 모양이다.

선생님들은 교무실에서 절대 샌더스라는 이름을 입에 올리지 않는다. 그냥 '그 여자'가 이렇게 하고 '그 여자'가 저렇게 했다는 식으로 말한다.

"난 지나치게 의욕이 넘치는 사람이 싫어요."

영어를 가르치는 벤슨 선생님이 퍼졸리 선생님과 함께 교무실로 들어오면서 말했다.

"날마다 새로운 아이디어가 떠올랐다면서 나한테 와요. 그러면서 일을 왜 새로운 방법으로 하면 안 되는지 묻는다니까요."

퍼졸리 선생님은 벤슨 선생님의 입을 다물게 하려고 애를 썼다. 하지만 벤슨 선생님은 목소리가 점점 커지고 얼굴까지 붉어졌다. 그러더니 삿대질을 해가며 말했다.

"교장 선생님은 그 여자 기강을 좀 잡아야 해요. 모든 일에, 정말 모든 일에 방해가 되거든요."

퍼졸리 선생님은 고개는 끄덕이지만, 눈은 캐럴 선생님이 건넨 메모를 읽고 있었다.

"학부형이 불만을 호소하는 게 이번 주만 벌써 세 번째에요. 숙제가 너무 많다고요. 읽기 과제도 너무 많다고 하네요."

캐럴 선생님이 말을 이었다.

벤슨 선생님 얼굴이 활짝 펴졌다.

"난 아네요. 학부형들이 불평하는 대상은 과연 누굴까요?"

교장 선생님은 벗겨진 자기 머리를 긁었다. 그러고는 크게 한숨을 쉬더니, 그 문제는 자기가 나서서 해결해보겠다고 했다. 그때 전화벨이 울렸다.

"예, 잠깐만 기다리세요."

캐럴 선생님은 대기 버튼을 누르고 웃음 띤 얼굴로 말했다.

"또 누군가가 교장 선생님이 아끼시는 사람 얘길 묻네요."

교장 선생님은 틀니를 딱딱 맞부딪뜨리며 말했다.

"그 전화, 내 방으로 돌려주세요."

벤슨 선생님은 손가락으로 립스틱을 매만지고 흥얼거리면서 자리를 떴다. 캐럴 선생님은 나에게 어른들 일에 참견 그만 하고 얼른 일이나 하라고 말했다. 그 말에 나는 구석으로 돌아가 서류를 철하기 시작했다. 선생님들도 때때로 학생들이나 마찬가지로 골치 아픈 일에 휘말린다는 사실이 흥미로웠다.

교무실은 분주한 곳이다. 길 모퉁이 버스 정류장처럼 사람들이 바삐 오간다. 서류를 몇 장 철하기도 전에 또 다른 사람이 와서 뭔가를 해달라고 한다. 그런데 이번에 나타난 사람은 바로 데스다였다.

"말레카야! 나 지각사유서 받으려고 왔어. 치과에 갔다 오는 길이거든."

뭔가가 씌여 있는 종이 뭉치를 꺼내면서 데스다가 말했다.

캐럴 선생님 쪽을 보았다. 선생님은 데스다가 부탁한 서류를 찾으러 가는 모양이었다. 그때 샤를리즈가 나타났다. 쌍둥이 자매는 보이지 않았다.

"샤를리즈, 넌 수업에 안 들어가고 뭐하니?"

캐럴 선생님이 데스다에게서 시선을 돌리지 않은 채 물었다.

"금방 갈 거예요."

그렇게 대답하면서 샤를리즈는 손가락으로 딱딱 소리를 내고는 나한테 오라는 손짓을 했다.

캐럴 선생님 목소리는 기름칠이 안 된 바퀴처럼 날카롭고 높다.

"이봐, 샤를리즈 존스. 여기가 뭐 하는 데라고 생각하는지 모르겠지만 말야, 말레카는 교장 선생님을 돕고 있는 거야. 요 꼬맹이 아가씨야, 어서 꽁지가 빠지게 교실로 뛰어가시지?"

샤를리즈는 선생님을 향해서 웃음을 지었다.

"말레카가 무슨 대통령 비서라도 되는 것처럼 말하네, 참."

캐럴 선생님은 데스다에게 지각사유서를 건네주었다.

"이제 됐어. 어서 수업에 들어가."

데스다는 뭔가 잘못한 사람 보듯 나를 쳐다보았다. 샤를리즈는 새로 껌 하나를 꺼내어 아주 천천히 입 안으로 밀어 넣었다. 캐럴 선생님은 금방이라도 샤를리즈에게 불벼락을 내릴 듯했다. 그 순간 교장 선생님이 나타났다.

"교장 선생님, 안녕하세요!"

샤를리즈가 다정하고 어리광 부리는 목소리로 인사했다.

"언젠간 나도 여기서 일하게 되겠죠? 전화 받는 일 같은 거 말예요."

샤를리즈는 딱 달라붙는 얇은 줄무늬 바지를 입고 두 살배기 아기처럼 손가락을 입에 물었다. 교장 선생님은 그 애의 말에 진심이란 털끝만큼도 없다는 걸 잘 알고 있었다.

"물론이지, 샤를리즈. 작년에 안 돌려준 도서관 책 세 권하고 수학책 두 권 값만 물어내면 당장이라도 일할 수 있어."

샤를리즈는 책 이야기는 전혀 사실이 아니며 자기가 얼마나 인기가 많은지 떠들어댔다.

"어쨌든 말이죠, 난 노예가 아녜요. 그러니까 돈을 안 받고는 일 안 할 거예요."

그 애가 말을 이었다.

교장 선생님은 샤를리즈에게 어서 교실로 돌아가라고 일렀다.

"뭘 하려고요? 선생님들은 몽땅 지루하기 짝이 없단 말이에요."

돌아서서 나가면서 샤를리즈가 말했다.

교장 선생님은 샤를리즈가 들어갈 수업이 무엇인지 물었다.

"타이 선생님이 가르치는 수학이요."

그 애가 대답했다.

"타이 선생님 수업에선 아무도 지루하지 않아. 스스로 지루해지고 싶은 학생이면 몰라도."

이렇게 말하면서 교장선생님은 샤를리즈를 데리고 나갔다.

교장 선생님 말처럼 타이 선생님 수업은 무척 재미있다. 선생님은 명상을 좋아해서 쉬는 시간이면 종종 책상 위에서 팔짱을 끼고 다리를 꼰 채 앉아 있다.

선생님의 수업은 좀 독특한 방식이지만 따라가기 쉽다. 작년에 타이 선생님 수업에서 전부 A를 받았다. 내가 교무실에서 일하는 벌을 받는 동안, 선생님은 이 일 때문에 내 평균점수가 내려가는 일이 없도록 하라고 괴롭혔다. 어제도 교무실에서 일하는 나한테 와서 숙제를 내놓으라고 다그쳤다. 교장 선생님도 바로 곁에 서 있는데 말이다. 난 숙제 한 것을 사물함에 넣어두었다고 거짓말을 했다. 타이 선생님은 가서 숙제를 가져와도 괜찮겠는지 교장선생님에게 물었다. 그제서야 난 숙제를 안 했다고 자백했다. 선생님은 다시 내가 교무실에서 숙제를 해도 좋겠는지 물었다. 교장 선생님은 좋다고 하면서도, 그 대신 나중에 그만큼 교무실 작업을 더 해야 한다고 말했다.

정말 맹세코 말하지만 선생님들은 학생들을 괴롭히는 일 말고는 하는 게 없다.

16

'아, 좀 지친다…….'

내가 혼잣말을 했다. 토요일 아침인데 샌더스 선생님이 하라는 걸 쓰느라 벌써 두 시간째 매달려 있다. 샤를리즈나 쌍둥이 자매가 알면 날 미친 애로 여길 것이다. 주말에 숙제를 한다니 말이다. 그것도 자진해서.

오늘은 엄마까지 죽도록 일을 시키는 중이다. 유리창 닦기, 빨래 등등, 온갖 걸 다 시킨다. 그래서 숙제를 해야 한다고 말했다. 나를 이 위기에서 구해줄 건 숙제 밖에 없으니까. 덕분에 지금은 뭔가 쓸 거리를 쥐어 짜내는 중이다. 샤를리즈한테 가기 전에 마쳐야 한다. 조금씩 조금씩이지만 어쨌든 쓰고 있다.

일기장, 안녕?

바다는 거칠고 인정사정이 없어. 파도는 성난 백 마리 사자처럼 배를 물어뜯는다. 나는 온몸이 땀에 젖고 날 둘러싼 사람들에게 장작개비처럼 이리저리 떠밀리고 있어.

저들은 우릴 도둑에게 하듯 쇠사슬로 묶고 피가 나도록 두들겨 팼단다. 하지만 난 단단히 마음 먹었어. 저들에게 절대로 나약한 모습을 보이지 않겠다고. 굳건히 버티겠다고, 바다처럼, 바람처럼 굳건히.

— 아켈마

작문을 끝내고 그걸 서랍에 넣은 뒤 서둘러 집을 빠져 나왔다. 엄마는 내가 샤를리즈를 만나러 간다는 걸 몰랐다. 알았다면 별로 좋아하지 않았을 것이다. 엄마는 주주 언니가 샤를리즈를 원하는대로 하도록 내버려둔다고 했다. 탈선하도록 만든다는 것이다. 그건 엄마 말이 맞다.

집을 나서기 바로 전에 스위츠가 전화를 해서 물었다. 샤를리즈를 떼내겠다며 왜 만나러 가느냐고 말이다.

"너무 따분해서 그래."

내가 대답했다.

"시내에 가도, 집에서 빈둥거려도 재미가 없어. 샤를리즈가 오라고 하기도 했고. 주주 언니한테 뭔가 새로운 물건들이 생긴 모양이야. 안 가겠다고 하려는데, 검정하고 금색이 섞인 스커트가 있다잖아."

스위츠가 수화기 저쪽에서 내 얘기에 귀를 기울이고 있다는 걸 알 수 있었다. 하지만 그 애는 통화가 끝날 때까지 별로 말을 하지 않았다.

한 시까지는 샤를리즈한테 갈 생각이었지만 엄마는 내가 할 일을 더 찾아냈다. 옷장을 청소하고 세탁기에서 옷을 꺼내야 했다. 엄마는 내가 엄마 몸종인 줄 아는 모양이다. 그렇게 온갖 일을 다 해도 나한테 한 푼도 줄 생각을 안 하니까. 여긴 엄마 집이면서 동시에 내 집이기도 하다는 거다. 그래서 즐거운 마음으로 도와야 한다는 거다.

네 시가 되어서야 샤를리즈네 초인종을 누를 수 있었다. 하지만 아무도 초인종 소리를 못 듣는 모양이었다. 음악 소리가 너무 큰 탓이었다. 무슨 아프리카 음악 같았다. 드럼 소리가 요란했다.

가수들은 짐승 우는 소리를 냈고, 마라카스 소리도 났다.

망가진 방충망을 억지로 밀어 열고 안으로 들어갔다. 주주 언니가 열 명쯤 되는 사람들과 춤을 추고 있었다. 사람들은 서로 몸을 비벼댔다. 거실 한 가운데쯤 갔을 때 허리까지 오는 레게 머리를 한 남자가 내 앞에 펄쩍 뛰어들었다.

"꼬마 아가씨, 우리 같이 춤 추자!"

그러더니 마치 뱀처럼 몸을 움직이기 시작했다. 난 고개를 저은 뒤 계단을 올라갔다. 주주 언니는 그 남자에게 음악 소리를 더 크게 하고 날 내버려두라고 말했다. 음악이 더 시끄러워지면서 사람들이 두드리는 타악기 소리도 함께 커졌다.

파티는 시작된 지 얼마 되지 않아 보였다. 그런데 샤를리즈는 이미 전 날 저녁부터 그 난리라고 했다. 그렇게 시끄러운 곳에서 어떻게 잠을 잤는지 물었더니 아직 한 잠도 안 잤다고 대답했다. 술잔 씻고 재떨이 비우고 음식 나르는 값으로 언니한테 큰 돈을 받았다고 했다.

"백 달러 받는데 잠 좀 안 자면 어때?"

샤를리즈가 내 눈 앞에 지폐를 흔들었다.

주주 언니는 늘 파티를 연다. 한 달이면 두세 번쯤이다. 이곳 저곳에 사는 사람들이 언니 파티에 온다. 샤를리즈와 나는 위층 어느 침실에서 얘기 나눌 장소를 찾았다. 난 낯선 사람들이 들락거리는 건 견딜 수 없을 거라고 말했다. 샤를리즈는 내가 겁쟁이라서 그렇다고 했다. 파티가 끝나고 이틀 뒤 아침에 일어났는데 화장실에 낯선 사람이 있는 걸 봐도 자기는 아무렇지도 않다는 거다. 사람들은 주주 언니하고 노는 걸 좋아한다고도 했다.

"그 사람들은 일 안 해?"

내가 물었다.

"하는 사람도 있고 안 그런 사람도 있고."

샤를리즈가 아무렇지도 않은 듯 대답했다.

"파티 참가비만 내면 언니는 누구든 상관 안 해. 공짜로는 절대 아무도 안 들여보내고."

난 고개를 저었다. 아무리 생각해도 이런 곳에서는 살지 못할 것 같았다. 담배 연기에 눈이 따갑고 집안 전체에 더러운 닭장 냄새로 가득한 집, 낯선 사람들이 거실을 오가는 집에서는 말이다.

샤를리즈는 그런 것들이 아무렇지도 않은 모양이었다. 자신의 외모가 예쁘기만 하면 모든 게 상관없다는 식이다. 하지만 오늘 샤를리즈의 외모는 그다지 매력적이지 않았다. 눈 아래로 다크서클이 내려오고, 머리는 온통 정수리 위에 뭉쳐 있었다.

"넌 이미 자고 난 모습이네."

그 애 머리에 묻은 보풀을 떼어주며 말했다. 샤를리즈는 내 손을 밀어냈다.

"한 시간쯤 전에 잠깐 눈만 붙였어. 언니가 날 찾지 않아서 다행이었지. 그랬으면 곤란할 뻔했는데 말야. 잠 자면 돈을 안 준다고 했거든."

샤를리즈가 크게 하품을 하며 침대에 몸을 누였다. '네가 자는 꼴 보려고 여기까지 온 게 아냐.' 하고 말하고 싶었지만, 그 애 모습이 좀 안 되어 보이기도 했다. 그래서 의자에 앉아 그 애가 조는 모습을 보고 있었다.

하지만 샤를리즈가 제대로 잠이 들기도 전에 주주 언니가 찢어지는 소리로 불렀다.

"샤를리즈! 너 뭘 하고 돈 받는 건지 몰라? 어서 못 내려와?"

샤를리즈는 벌떡 일어나 아래층으로 달려갔다.

주주 언니는 사람들 앞에서 샤를리즈에게 소리를 지르며 성질을 부렸다. 그걸 보며 내내 나 자신에게 물었다. 샤를리즈는 왜 언니가 저러는 걸 참을까? 그러다 문득 생각이 났다. 샤를리즈에게 남은 가족이라고는 주주 언니밖에 없다는 사실을. 그리고 주주 언니도 겨우 스물다섯 살밖에 되지 않았다.

난 한참을 더 위층에 혼자 앉아 있었다. 아래로 내려가기가 무서웠다. 그러다 마침내 여길 나가야겠다는 생각이 들었다. 용기를 내어 아래로 내려갔는데, 거긴 여전히 난장판이었다. 샤를리즈는 이리저리 바쁘게 뛰어 다녔다. 현관 밖에는 파티에 들어갈 차례를 기다리는 사람들이 줄을 섰다. 모르는 사람들이 나한테 화장실이 어디냐, 왜 화장지가 없냐 하고 물었다.

샤를리즈에게는 간다는 얘길 하지 않고 그냥 문을 나섰다. 마지막으로 봤을 때 샤를리즈는 눈을 비비며 음료를 내주고 있었다. 주주는 엉덩이를 흔들면서 담배를 피우고, 누군가에게 음악 소리를 더 크게 하라고 소리를 질렀다.

17

길에 나서자마자 한 번도 본 적 없는 남자애 둘이 시비를 걸었다.

“어이, 멀대 아가씨!”

한 녀석이 말을 걸었다.

“깜둥이 멀대라고 해야지!”

다른 녀석이 거들었다.

길 건너편에서 어떤 아줌마가 소리쳤다.

“이 자식들, 그 여자애 그냥 못 두냐?”

그 소리에 녀석들의 시비는 오히려 심해졌다. 난 모른 척 걸음을 재촉했다. 그렇게 걷다 보니 집까지는 벌써 반이나 왔다. 좀 더워지길래 웃옷을 벗고 어느 계단에 앉아 땀을 식혔다. 그 동네는 집이 대부분 비었다. 그렇게 길거리에 앉아 상상해 보았다. 쓰레기를 치우고 건물들을 단장하면 이 거리는 어떤 모습이 될까? 그때 아까 시비를 걸던 애들이 저만치에서 내 쪽으로 오는 게 보였다. 난 일어나서 최대한 빨리 걸었다.

그렇게 걸으며 손가락을 물고 매니큐어를 벗겨냈다. 그럴 필요가 없는 곳에서 길을 건너기도 했다. 남자애들은 계속 날 쫓아왔다.

"난 다리가 긴 애가 좋아."

날 거의 따라잡은 한 녀석이 말했다.

"예쁘고 초콜릿 색 피부에 다리가 긴 애 말이지."

자전거 바지를 입은 녀석이 웃으면서 더 빨리 걷기 시작했다. 나도 속도를 높였다.

"예쁜아, 이봐, 예쁜이!"

녀석이 말했다.

"아가씨, 완전 내 스타일이야!"

그러더니 녀석이 내 앞을 막고 섰다. 다른 녀석은 내 뒤에 있었다. 그 녀석은 속옷이 보일 정도로 크고 늘어진 바지를 입었다.

"가볍게 키스 한 번 해줄래?"

녀석이 말했다.

"이 부드럽고 촉촉한 입술에 말야."

다른 녀석이 내 팔을 잡아 등 뒤로 비틀었다. 내가 놔달라고 소리쳤지만 녀석은 듣지 않았다.

그 녀석은 덩치가 컸다. 목을 비롯해서 몸 여기저기가 근육투성이였다. 그 녀석이 나를 자기 친구 쪽으로 밀면서 말했다.

"내 친구한테 키스 좀 해주라니까."

난 놓으라고 소리쳤다. 우리 아빠는 경찰이고, 너희를 금방 잡아넣을 거라고 했다. 하지만 그 녀석들은 아무렇지도 않은 듯 계속 치근거렸다.

자전거 바지를 입은 녀석은 키스만 해주면 보내주겠다고 했다.

"네 입술이 어떤 맛인지 알고 싶은 거야."

"싫어!"

내가 소리쳤다. 하지만 아무도 내 목소리를 듣지 못했다. 이 동네에서 살아 있는 거라곤 초라한 길고양이와 집 없는 강아지들밖에 없는 듯 보였고, 그 동물들까지도 날 괴롭힐 것 같았다. 심장이 너무 빨리 뛰어서 숨을 쉬기가 힘들었다.

"난 너희들하고 놀기 싫어!"

나는 있는 힘껏 늘어진 바지에 덩치가 큰 녀석을 뿌리치려 했다.

"예쁜 검둥이야. 널 해치려는 게 아냐."

자전거 바지가 말했다. 그러면서 나한테 아주 바짝 다가왔다. 눈물이 뺨 위로 흘러내렸다. 머리를 가로저으며 싫다는 표시를 했다. 다른 녀석도 웃으며 나한테 다가왔다. 그 녀석 눈을 파버리고 싶었지만, 잡힌 팔을 뺄 수가 없었다. 곧 이어 자전거 바지가 날 내려다보았다. 그 녀석 입김에서는 피망과 마늘 냄새가 났다.

난 울었다. 엄마한테 뭐라고 해야 할지 생각하며 울었다. 엄마는 인적이 드문 길을 걸었다고 야단을 칠 것이다. 나를 잡고 있는 녀석을 걷어찼다. 순간 녀석은 울 것 같은 표정을 했다. 다른 녀석에게 빨리 키스하라고 소리치는 동안 날 붙잡은 손이 잠시 느슨해졌다. 그 기회에 손톱으로 다른 녀석의 배를 찍고는 게처럼 단단히 붙잡았다. 그러자 녀석이 내 팔을 얼마나 세게 내리쳤는지, 맞은 곳이 금방 부풀어 올랐다.

녀석은 손으로 내 입을 막았다. 심장 박동이 미친 듯 빨라졌다. 난 입을 벌려 미친 개처럼 그 녀석 손을 물고 놓지 않았다. 녀석은 손가락을 빼려고 했지만 되지 않았다. 그러자 놔달라며 비명을 질렀다. 난 놓지 않고 버텼다. 녀석은 비명을 지르며 내 정수리를 마구 내리쳤다. 그제서야 난 물었던 손을 놓아주었다.

"이 검둥이 년!"

녀석이 다시 나를 때릴 듯 커다란 주먹을 쳐들며 말했다. 녀석의 손에는 내 잇자국이 선명하게 남았다. 녀석은 멀쩡한 쪽 손으로 바지 벨트를 풀기 시작했다.

"그만 둬라."

다른 녀석이 말했다.

"이럴 만한 가치가 있는 애냐?"

그러면서 날 세게 밀쳤다.

"다음에 우릴 만나면 가만 안 둔다. 알겠니?"

그 사악한 놈들이 다시 덤빌까 싶어 있는 힘을 다해 도망쳤다. 숨이 넘어갈 때까지 달렸다. 집에 거의 다 와서 근처 어느 집 계단에 앉아 울었다. 온몸이 떨리는데 멈출 것 같지 않았다. 눈물과 땀이 얼굴을 적셨다. '다시는 뒷골목으로 다니지 마, 이 바보야.' 하고 혼잣말을 했다.

집 바로 근처에서 스위츠와 마주쳤다. 스위츠는 아빠 심부름으로 모퉁이 가게에 가는 길이었다. 방금 무슨 일이 있었는지 그 애에게 말해주고는 부탁했다.

"우리 엄마한테는 절대 얘기하지 말아줘."

스위츠는 그러마고 했다. 그러면서 날 측은한 눈으로 바라보았다. 스위츠가 이 모든 일이 샤를리즈와 어울리는 바람에 생겼다고 생각한다는 걸 난 눈치챘다. 하지만 스위츠는 아무 말도 하지 않았다.

스위츠는 얼굴을 닦으라며 한 번 쓴 티슈를 주었다. 달리 방법이 없어서 그 티슈를 받았다. 엄마한테 이런 얼굴을 보일 수는 없는 노릇이니까. 그래도 집으로 들어갈 때 내 모습은 그렇게 험하지 않았다. 엄마한테는 남자애들이 치근거렸다고는 얘기했지만 더 이상 자세한 얘기는 하지 않았다.

엄마는 날 몇 분 동안이나 찬찬히 들여다보았다. 강낭콩, 쌀밥, 돼지고기가 섞인 접시를 식탁에 놓으며 엄마가 말했다.

"바깥에서 다닐 땐 늘 조심해야 해."

난 부풀어오른 팔을 문지르면서 콩과 쌀밥을 입에 떠 넣었다. 하지만 그걸 삼키기란 쉽지 않았다.

"그다지 배가 고프지 않아."

이렇게 말하면서, 엄마가 뭐라고 말을 꺼내기 전에 얼른 자리에서 일어났다. 그리고 그대로 내 방으로 가서 울다가 잠이 들었다.

18

그때부터 한 달이 지났지만, 내 머리 속에는 온통 그 녀석들한테 당한 일로 가득했다. 엄마는 내가 공상에 빠져 산다고 했다. 누군가와 사랑에 빠진 건 아니냐고 계속 물었다. 대부분 시간을 내 방에서 꼼짝 않고 지내고 전화도 하지 않았다. 스위츠와도 마찬가지였다. 생각에 잠기거나 내 일기, 아니 아켈마와 나의 일기에 뭔가를 쓰면서 지냈다. 요즘은 아켈마의 생각은 어디서 끝나고 내 생각은 어디서 시작되는지도 아리송하다. 내 말은, 아켈마가 배 안에 천연두가 퍼져 사람들이 죽을 때 얼마나 무서웠는지 이야기하는 부분에서 내 생각이 시작되어야 할 거란 얘기다. 그래서 아켈마가 사람들이 자기를 추하게 생각할까 두려웠다고 말하는 것으로 문단을 마무리했다. 하지만 사실 그 부분은 내 이야기였다. 난 사람들이 나를 추하게 여길 것 같아서 두려웠다.

샌더스 선생님은 내가 아켈마에게 아주 가까이 다가가는 것이 좋아 보인다고 했다.

"뛰어난 작가는 자기 글의 인물에 아주 가까이 가는 사람이야."

우리 일기에는 지난 번 그 녀석들과 있었던 일도 썼다. 다만 그런 일을 겪은 사람은 내가 아니라 아켈마로 했다. 아켈마가 갑판에 있는데 선원들이 쫓아온 것으로 말이다.

일기야, 안녕?

아무 데도 달아날 곳이 없을 때 나라면 어디로 달아나겠니? 그들은 나를 함정에 빠뜨렸어. 달아날 틈은 보이지 않았지. 그래서 손톱으로 한 놈 얼굴을 긁고, 다른 놈의 살찌고 더러운 손을 물었지. 내가 달아났을 때, 달아나서 갑판 어딘가에 있는 사람들 속에 숨었을 때, 거기서 난 아는 사람을 만났어. 킨자리였어! 킨자리는 죽지 않았던 거야!

— 아켈마

이 마지막 부분을 샌더스 선생님에게 보여주었다. 선생님은 이 부분이 대단한 이야기라고 했다.

"글을 쓰는 건 네가 가진 재능 가운데 하나야, 말레카."

좀 바보 같이 들릴지 모르지만, 선생님 교실을 나올 때 난 일기를 쓴 공책을 가슴에 꼭 안았다. 여러 주 동안 안고 싶었던 남자애나 되는 듯 그랬다. 누구나 잘하지는 않는 것을 나만 잘 한다는 건 기분 좋은 일이다.

엄마가 늘 말하는 격언이 있다.

"자만하지 말 것. 자만하면 곧 누군가가 나타나서 널 거꾸러뜨리는 법이다."

그 '누군가'가 오늘은 샤를리즈였다. 그 애는 구름 위를 걷는 듯한 걸음으로 복도를 지나가는 날 보았다.

"왜 이렇게 등신 같이 보여?"

샤를리즈가 내 정수리를 때리면서 물었다. 참 바보 같게도, 난 조금 전 샌더스 선생님과 내 작문을 둘러싼 일들을 말해주었다. 말이 입 밖으로 나오는 순간 후회가 밀려왔다. 그 일은 아무에게도 말하지 않으려 했는데, 난 지금 얼마나 한심한 짓을 하고 있는가.

"하여간 넌 샌더스의 노리개야."

샤를리즈가 껌을 입에 넣으며 말했다.

"나하고 어울리지 못하게 하려고 널 교무실에서 일하게 한 거라고 생각해, 난."

그런 건 아니라고 말하려 했지만, 그 애는 들으려고도 하지 않았다.

"다음 휴식 시간에 화장실에 갈 거야. 너도 올래?"

샤를리즈가 물었다.

"난 일해야 해."

내가 대답했다.

"아주 제대로 꼬맹이 노예 노릇을 하는구나. 주인님한텐 절대 복종, 안 그래?"

아켈마 같은 어린 노예들이 어떤 일을 겪고 살았는지 안다면, 정말 제대로 안다면, 샤를리즈 같은 애도 저렇게 노예를 무시하는 말은 못 할 텐데.

"넌 노예가 될 거니, 아님 자기 자신의 주인이 될 거니?"

샤를리즈가 팔짱을 끼며 물었다. 내가 나 자신의 주인이라면 너한테 말을 거는 일은 절대 없을 거야. 이렇게 말해주고 싶었다. 하지만 난 그냥 잘 가라고만 말했다.

"이따 오는 게 좋을 걸."

자리를 뜨면서 샤를리즈가 말했다. 그 애가 복도를 반쯤 지났을 때, 윔이 그 애 이름을 부르며 달려갔다. 윔은 샤를리즈 어깨에 팔을 둘렀다. 샤를리즈는 윔에게서 지독한 체취라도 나는 듯 팔을 떨쳐냈다. 샤를리즈가 마침내 대프니한테서 윔을 빼앗은 모양이었다. 하지만 그 애는 벌써 윔에게 싫증을 내고 있었다. 그게 바로 샤를리즈가 늘 하는 짓이다. 끝없는 변덕 말이다.

생각해보면 그건 어려운 선택이 아니다. 샤를리즈 패거리와 화장실에서 노닥거리는 쪽이 교무실에서 서류를 묶는 것보다 훨씬 재미있으니까. 화장실 문을 밀고 들어갔을 때, 내 머리 속에는 아켈마도, 샌더스 선생님도, 교무실 일도 사라지고 없었다. 샤를리즈가 늘 얘기하듯, 화장실에서 노는 건 파티다. 난 즐겁게 놀겠다는 생각으로 가득 차서 화장실로 들어섰다.

곧 세면대에 올라앉아 신발을 벗어 던졌다. 샤를리즈는 거울을 보며 마스카라를 한 겹 더 올렸다. 그 애와 쌍둥이 자매인 레이즈와 레이나는 웃었다. 애들은 윔과 또 다른 남자애들 이야기를 했다. 난 아무에게도 관심이 없어서, 귀를 기울이는 것처럼 그냥 웃어주었다. 난 아켈마의 편지 하나를 꺼내어 읽었다.

샤를리즈는 내게 뭘 하는지 물었다. 난 대답하지 않았다. 그 애가 세게 잡아채는 바람에 내 공책이 바닥에 내동댕이쳐졌다.

"말레카가 또 노예 얘기에 빠져 헤매는구나."

이렇게 말하면서 샤를리즈는 라이터를 꺼내어 내 공책에 불을 붙였다. 난 너무나 화가 나서 귀가 먹먹해졌다. 우선 종이에 붙은 불을 입으로 불어 껐다.

"말레카는 도대체 왜 우리 근처에 얼쩡대는 거야?"

이렇게 물으며 레이나는 세 번째로 입술을 발랐다.

"말레카는 짜증나게 못 생겼잖아."

레이즈는 레이나와 나란히 거울에 얼굴을 비춰보고 있었다. 딱 어울리는 한 쌍이었다.

"말레카가 담배 배우느라 반쯤 숨이 넘어가는 거, 재미있었는데 말야."

레이나가 날 노려보며 말했다.

"앤 지금 그냥 골칫거리일 뿐이야."

레이즈가 말했다.

레이즈와 레이나는 거의 동시에 거울에서 물러났다. 둘은 동시에 머리를 부풀리고 동시에 목에서 같은 쪽을 긁었다.

샤를리즈는 나를 끼워주는 유일한 이유가 자기 성적을 올리기 위해서라고 했다.

"그거 영원히 안 올라가는 거 아냐? 지금까지도 아무 효과 없었잖아."

레이나가 말했다.

샤를리즈가 웃음 띤 얼굴로 고개를 저으며 말했다.

"레이나, 그건 그래. 나도 언젠가는 쫓아버리려고 생각하고 있어."

샤를리즈는 내가 옆에 없는 것처럼 말을 이어나갔다.

"그래도 아직은 아냐. 엄청나게 양이 많은 사회 과제가 남았어. 그 다음엔 넌 안녕이야, 꼬마야."

그제서야 샤를리즈가 날 쳐다봤다.

레이나는 다시 나한테 시비를 걸었다.

"그때 그 헤어스타일 사건 뒤로 말야, 넌 네가 뭐나 되는 듯 생각하지? 안 그래, 이 대머리야?"

레이나는 이렇게 말하면서 웃었다.

난 웃지 않았다. 그냥 몹시 화난 얼굴로 그 애를 쳐다보기만 했다.

곧 이어 화장실 구석구석이 담배 연기로 자욱해졌다. 그 속에서 레이즈는 새로운 춤을 선보였다. 샤를리즈는 내게 자기 담배를 잠시 들고 있으라고 했다. 그러고는 손가방을 뒤져 매직펜을 꺼내더니 세면대 가까운 벽에 크고 검은 글씨로 자기 이름을 썼다.

'샤를리즈 존스'.

그때 예고 없이 샌더스 선생님이 경찰관처럼 화장실 문을 벌컥 열고 들어왔다.

"여기들 있었구나!"

선생님이 말했다.

"진짜 재수없어! 선생님은 왜 매번 훼방을 놓는 거예요?"

레이즈였다.

샤를리즈는 몹시 화가 났다. 샌더스 선생님이 화장실을 습격한 건 이번 달만해도 벌써 세 번째였다.

선생님은 나한테 다가와서 쥐고 있던 담배를 잡아챘다.

"말레카야, 널 여기서 보다니 놀랍구나."

담배를 변기에 버리고 물을 내렸다. 그런 다음 두 손을 옷자락에 문질러 닦았다.

"말레카도 선생님이 만들고 싶어 하는 요조숙녀는 아니랍니다. 걔도 나하고 온갖 걸 같이 한단 말이죠."

샤를리즈가 두 손을 내 어깨에 올려놓으며 말했다.

"샤를리즈, 적당히 해라."

내가 서 있는 쪽으로 오면서 선생님이 말했다. 그렇게 움직이다가 우연히 샤를리즈의 팔을 쳤는데, 그 바람에 그 애의 립스틱이 바닥에 떨어졌다. 하필이면 립스틱의 윗쪽 끝이 바닥에 부딪혔다.

"일부러 그랬죠!"

샤를리즈가 발돋움까지 하며 선생님 얼굴에 대고 소리를 질렀다. 하지만 선생님은 조금도 흥분하지 않고 진지하게 말했다.

"난 어린 애가 아니다. 애들하고 놀지 않는단 말이야."

그렇게 말하면서 샤를리즈를 노려보았다.

샤를리즈는 강렬한 눈길로 선생님을 굴복시키려 했다. 하지만 선생님은 그런 것에 물러날 사람이 아니었다.

"이 립스틱은 이십 달러짜리에요. 유명한 브랜드거든요. 돈으로 물어내요."

샤를리즈가 말했다.

우리 모두에게 교무실로 가라고 했을 때, 선생님은 회사에서 하는 사업을 생각했음이 분명했다. 모든 애들이 나와 선생님보다 몇 걸음 앞장서 걷도록 했다.

선생님은 다른 누구보다 나를 엄하게 대했다. 내 팔을 움켜쥐고 가다가 사물함에 부딪히지 않도록 당기기도 했다. 난 선생님의 손을 보면서 놔주기를 기대했다. 자신이 뭘 해야 할지를 두고 선생님은 아마도 또 다른 생각을 숨기고 있는 듯했다. 내 팔을 놓고 훈계를 시작하는 모습을 보면 그랬다. 선생님은 내가 수업 시간과 교무실에서 얼마나 잘하고 있는지 얘기했다. 또 친구를 잘 선택해서 사귀는 게 중요하다는 얘기도 했다.

우리가 교무실에 들어서자, 캐럴 선생님과 맥신 선생님은 샤를리즈나 쌍둥이 자매는 보이지도 않는 듯 행동했다. 분명히 보았을 텐데 말이다. 나는 맥신 선생님의 입 한 쪽이 히죽대는 웃음을 참을 때처럼 올라가는 걸 분명히 보았다. 교무실에 서 있던 다른 선생님이 무슨 일이 있었는지 물었다. 샌더스 선생님은 우리가 수업을 땡땡이치고 화장실에 모여 담배를 피우고 기물을 파손했다고 설명했다. 그 얘기에 난, 어처구니 없네, 하는 생각이 들었다. 샤를리즈가 세면대를 뜯어낸 것도 아닌데 무슨 기물파손? 그앤 그냥 매직펜으로 벽에다 자기 이름을 썼을 뿐이다. 나 여기 있었음, 하고 알리려고 했을 뿐이다.

19

일기야, 안녕?

오늘 그들은 우릴 갑판으로 데리고 올라갔어. 햇빛이 얼굴에 닿을 때 난 울음을 터뜨렸어. 마지막으로 해를 본 게 이미 오래 전이었으니. 다른 사람들은 풀려나기라도 한 것처럼 뛰고 달리고 웃더군. 나는 구석에 혼자 앉아 해를 쳐다보다가 두 눈을 꼭 감았어. 할 수 있는 대로 오래 해를 보고 싶었다. 그렇게 해서 해를 머리에 새겨두어야 다시 밑창에 갇혔을 때 잊지 않을 테니까. 해는 언제나 비치고 있다는 걸 말이야. 나는 별이 보일 때까지 눈을 꼭 감고 있었어. 그리고 다시 눈을 떴을 때, 내 앞에 킨자리가 있었어.

— 아켈마

학교 훈육실은 지하 보일러실 바로 옆이다. 눅눅하고 비좁고 덥다. 있는 거라곤 책상과 걸상 몇 개씩, 그리고 훈육 담당 버디 선생님이 전부다. 눈이 오는 날씨에도 거기선 민소매 옷을 입고 땀을 흘린다. 오늘이라고 다르지 않아서, 그 안은 몹시 더웠다. 내가 이렇게 땀으로 젖는 건 누구 잘못도 아니다. 오로지 샌더스 선생님 탓이다. 거기서 난 일기를 쓰고 햇빛을 그리워했다.

나한테는 영어 숙제가 주어졌다. 샌더스 선생님은 이틀 동안 스물다섯 쪽을 읽도록 했다. 그 정도라면 심한 건 아니었다. 칼렙이 훈육실에 와서 소음을 일으켰다. 그 애는 사과를 하며 교실을 돌아다녔다. 책상 사이에서 끼익 하는 소리를 내고 책을 두드리며 다녔다. 반장과 학교위원회의 학생대표를 지낸 애라면 교실에서 어떻게 다녀야 하는지 정도는 알 일이었다.

난 그 애가 앞 쪽에 앉기를 바랐다. 하지만 그만큼의 행운도 내겐 없었다. 그 앤 나한테서 두 자리 떨어진 곳으로 가서 미처 앉기도 전에 떠들기 시작했다.

"안녕!"

칼렙이 그 낮고 부드러운 목소리로 말을 건넸다.

난 다리를 뻗어 앞자리 책상의 앞쪽 다리에 닿도록 했다.

"넌 여기 웬 일이니?"

내가 물었다.

"교장 선생님 덕분에. 난 그저 남학생 화장실을 청소하고 있었는데 말이야."

칼렙이 대답했다.

잠시 동안 난 종이 구석에 쓸 데 없는 걸 끄적거렸다. 하지만 도저히 묻지 않고는 넘어갈 수 없었다.

"남학생 화장실에서 뭘 했길래?"

"하수구 청소를 했지."

칼렙은 아주 태연히 대답했다.

"네가 화장실 청소를 해? 변기도 만지고 그랬다고?"

난 얼굴을 찌푸렸다. 칼렙은 내 말 한 마디 한 마디에 고개를 끄덕이며 그렇다는 시늉을 했다.

"역겨워."

내가 침을 삼켰다.

버디 선생님이 우리한테 다가와서 떨어지도록 했다.

"좀 더 떨어져 앉아. 칼렙이 두 자리 더 건너 가서 앉도록."

칼렙은 자리를 옮겼다. 하지만 버디 선생님이 성적을 매기기 시작하자 금세 다시 내게로 가까이 왔다.

"거짓말이지?"

내가 속삭였다.

"화장실 청소를 할 만큼 정신 빠진 애가 우리 학교에 있기나 하겠니?"

이렇게 말한 다음 난 입을 다물었다.

하지만 칼렙은 종종 완전히 미친 것처럼 행동하는 애다. 칼렙은 주말마다 자기 아빠하고 노숙자들에게 식사를 제공하는 봉사를 한다. 그리고 한 달에 한 번은 양로원에서 봉사한다. 심지어 작년에는 학교에서 동네청소의 날이라는 행사를 열기도 했다.

"정말이야. 남학생 화장실을 청소했다니까. 엄마한테 배운 대로 바닥에 손을 짚고 무릎을 꿇고 말이지."

칼렙이 웃음을 지으며 말했다.

"관리인 아저씨한테 도와달라고 했어야지!"

"아저씨는 자기 할 일이 있잖아. 그리고 우리 화장실 청소는 우리 문제니까."

장갑을 끼고 했겠지만, 칼렙의 손은 화장실 청소를 한 사람 손처럼 보이지 않았다. 그 애는 손이 크고 손톱은 모두 곧고 희다.

손가락은 길고 강하게 보이고, 좀 흥분하면 온갖 방향으로 춤추듯 움직인다.

버디 선생님이 다시 우리에게 와서 훈육실에 와 있는 이유를 설명했다. 그리고 칼렙이 멀리 떨어져 앉아 입을 다물지 않으면 무슨 일이 벌어질 것인지도 얘기했다.

우린 잠시 동안 메모를 써서 주고 받았다.

내가 쓴 메모.

"아무도 신경 쓰지 않는데 왜 그런 냄새 나는 화장실에서 고생을 해?"

칼렙의 답장.

"뭔가 제대로 돌아가지 않는 게 보이면 자기 태도를 밝혀야 하는 거니까."

그 애를 쳐다보면서 난 궁금한 생각이 들었다. 그렇다면 작년 그 버스 안에서 모든 애들이 내 피부가 새까맣다고 놀릴 때는 왜 아무런 태도를 취하지 않았을까? 다시 메모를 보내지 않고, 난 서류철을 열어 일기를 쓰기 시작했다.

일기야, 안녕?

칼렙한테선 좋은 냄새가 나. 그 애 가까이 있으면 정신이 혼미해질 때가 있어. 그럴 때면 그 애한테 화가 났다는 것도, 그 버스에서 내 편을 들어주지 않은 건 절대, 죽어도 잊지 않겠다고 스스로에게 다짐한 것도 모두 잊어버리게 돼. 그 애의 하얀 이, 눈, 그리고 그 목소리, 그런 것들이 그 애가 한 짓을 잊어버리게 할 때가 있는 거야. 내가 그 애 곁에서 멀어지려는 이유가 바로 그거야. 난 그 일을 잊어버리고 싶지 않으니까.

— 말레카

칼렙이 한참 동안 날 쳐다보았다.

"이 세상 모든 건 바뀌는 거야."

그 애가 말했다.

"너하고 나 사이에 있었던 일도, 학교에서 일어난 일도."

"그만두자, 칼렙."

내가 말했다.

"내가 미안하다고 한 거, 잊었어? 수없이 말했잖아. 제발 숨 쉴 틈 좀 주면 안 되겠니?"

"여긴 맥도날드가 아냐, 칼렙. 오늘은 숨 쉴 틈 못 줘."

다른 자리로 가면서 내가 말했다. 칼렙 자리에는 책이 여섯 권 쯤 있었다. 할 일도 제대로 하고 숙제도 제대로 한다. 그게 그 애가 뭐든 하는 방식이다. 하지만 두 자리 건너에서도 난 그 애 냄새를 맡을 수 있었다. 그 애는 다른 애들처럼 싸구려 탈취제를 써서 사람 코를 괴롭히지 않았다.

일기야, 안녕?

너한테 잘못을 저지른 남자애를 용서해본 적 있니?

— 말레카

칼렙은 집요할 때가 있다. 그 애는 두 자리를 옮겨 앉았다. 버디 선생님은 우리 둘에게 진정하고 조용히 하라고 일렀다. 그렇지 않으면 내일 다시 훈육실에서 하루를 보낼 각오를 하라고 했다. 하지만 그런 말로 칼렙을 진정시킬 수는 없었다. 그 애는 쉴 새 없이 말을 늘어놓았다.

"칼렙, 왜 날 괴롭히는 거야?"

내가 물었다.

“애들이 널 놀리기 시작했을 때 널 혼자 내버려두지 말았어야 했어.”

마침내 칼렙이 대답했다. 그런 다음 연필을 만지작거리고 입술을 깨물기 시작했다. 한동안 우린 입을 다물었다.

“내가 너하고 헤어지면 애들이 널 괴롭히는 걸 멈출 거라고 생각했어.”

“어떻게 그렇게 생각할 수 있어?”

내가 따지듯 물었다.

칼렙은 우리가 친하게 지내면서 애들이 날 괴롭히기 시작했다고 말했다. 그래서 자기가 나한테서 멀어지면 애들도 더 이상 날 괴롭히지 않을 거라고 생각했다는 것이다.

“그럼 지금은 왜 다시 나하고 친하게 지내려는 건데?”

내가 물었다.

자기가 나하고 가까이 지내지 않는데도 내 사정이 나아지지 않는 걸 보고 생각했다고 했다. 자기가 내 인생에 방해가 되는 건 아니라고 말이다.

“무엇보다 말야…….”

그 애가 속삭이듯 말했다.

"난 지금도 네가 좋으니까 …… 아주 많이."

"눈은 거짓말을 하지 않는다."

이건 아켈마라면 할 만한 말이다. 그래서 난 칼렙의 눈 깊은 곳을 들여다보았다. 맙소사, 칼렙의 눈은 정말 아찔했다. 커다랗고 갈색으로 빛나는 눈. 아켈마 생각이 났다. 지금 이 순간, 아켈마라면 이렇게 말할 것이다.

"말레카, 용서하고 잊어줘. 돌덩이 같은 분노를 지고 사는 것보다는 그게 훨씬 쉽잖아."

난 그런 말을 믿지 않는다. 그건 엄마가 늘 하는 말이다. 내가 엄마 때문에 화가 나면 엄마는 언제나 그렇게 말했다. 칼렙을 용서하고 싶지만 난 겁이 났다. 용서하고 그 애를 좋아하게 되었는데 그 애가 다시 그런 행동을 하면 난 어떡하나. 엄마나 아켈마는 칼렙을 용서할 수 있겠지. 하지만 난 그 애를 용서할 정도로 강한 사람이 아니야. 아직은 아니야.

칼렙이 꿈결 같은 눈으로 나를 쳐다보았다. 그러더니 말했다.

"그럴 생각이 아니었어. 맹세코. 다시는 널 혼자 버려두지 않겠어."

칼렙이 부드러운 목소리로 말했다.

난 고개를 끄덕였다.

20

샌더스 선생님은 제 정신이 아니다. 지난 주에는 날 학교 훈육실에 가둬두더니, 이번 주에는 방과 후에 남아서 함께 일기에 관해 이야기를 하자고 했다. 세 시 반에 수업 끝을 알리는 종이 울리면 곧장 선생님에게 가겠다고 약속했다. 하지만 그건 거짓말이었다. 난 네 시 사십오 분이 되어서야 선생님 교실에 갔다. 훈육실에 가둬두기나 하는 선생님한테 시간 맞춰 가려고 애를 쓸 이유는 없기 때문이다.

선생님에게 서둘러 가는 대신, 캐럴 선생님의 복사 일을 도와주고 응원단이 밖에서 연습하는 걸 구경했다. 선생님 교실에 갔을 때 거긴 아무도 없었다. 관리인 아저씨는 선생님이 강당에 있을 거라고 했다. 내일 있을 선생님 수업에서 우리는 연설을 해야 하는데 선생님은 우리 모두 한 사람씩 무대 마이크 앞에서 연습하는 시간을 갖도록 했다. 그걸 위해서 강당에서 마이크 같은 장치를 점검하는 모양이었다.

선생님이 무대 위에 있는 모습을 보고 난 무대 뒤쪽을 통해 강당으로 들어갔다. 3학년 학생들은 뮤지컬 <마법사>에 나오는 복장을 하고 무대를 온통 잡동사니로 어질러놓았다. 난 나무 원숭이에 발끝을 채이고 긴 밧줄과 전깃줄에 걸려 넘어질 뻔했다. 한쪽 구석에서는 사람이 들어 있는 것 같은 마녀 복장이 옷걸이에 걸려 있어서 놀라서 기절하는 줄 알았다.

타이, 샌더스, 두 선생님이 얘기하는 소리가 들렸다. 두 선생님은 내가 어디 있는지 모르는 모양이었다.

"내일 우리 반 수업 때문에 뮤지컬 연습팀은 무대에서 빠져야겠는데."

샌더스 선생님이 말했다.

"여긴 언제 뭘 하겠다고 해 놓고 지키질 않아. 날 도와준다니 고마워, 타이."

타이 선생님은 일어나서 샌더스 선생님 쪽으로 갔다. 두 사람은 탁자 두 개를 무대 막 쪽으로 민 뒤 잠시 숨을 돌렸다.

"난 괜찮다고 생각해. 네가 학생들에게 흥미를 불러일으키려고 하는 여러 작업이 난 맘에 들어."

타이 선생님이 말했다.

무대 뒤를 막 떠나려던 참에, 샌더스 선생님의 말이 날 그 자리에 멈추게 했다.

"그런 것들이 성적에도 도움이 되면 좋겠어. 우리 일학년 애들 가운데 절반은 이번 학기에 낙제하게 생겼거든."

타이 선생님은 눈이 휘둥그레졌다. 내 눈도 분명 그렇게 되었을 것이다.

"아니, 어쩌다 그렇게 된 거야? 네 수업에 들어가는 애들은 수업이 맘에 든다고, 흥미진진하다고 말하던데."

타이 선생님이 그 자리에 서서 팔을 천장 쪽으로 뻗으며 물었다. 그리고 발레리나처럼 몸을 둥글게 굽혀 자기 발목을 잡은 뒤 머리를 발목 사이로 밀어 넣었다.

샌더스 선생님은 타이 선생님 얼굴을 보려고 몸을 굽혔다.

"학생들은 열성적이야. 아이디어도 많이 내고."

"그건 좋은 일이네."

일어서서 좌우로 몸을 펴는 운동을 하면서 타이 선생님이 말했다.

"여기 아이들은 통찰력이 대단해. 제대로 핵심을 짚는다니까.

문제는 시험을 치는 요령이 아주 형편 없다는 거야."

샌더스 선생님이 말을 이었다.

도로시가 집에 가려고 무대 위에 있는 침대에서 일어나자, 타이 선생님이 그 침대로 가서 한쪽 모퉁이를 잡고 입을 열었다.

"이 학교 애들은 대부분 그래. 그래도 넌 애들이 셰익스피어를 읽도록 했어. 연예인 나오는 잡지만 읽던 애들을 말이야. 그러니 이번에는 애들한테 시험 보는 방법도 가르쳐 봐. 걔들을 낙제 시키면 자기들이 하는 건 뭐든 하찮다고 생각하게 될 거야. 그렇게 그 애들 의지를 죽이지는 마."

샌더스 선생님은 침대 모서리에 앉았다.

"그렇다고 애들이 노력해서 얻지 않은 걸 줄 수는 없어."

"누구도 네게 그렇게 하라고는 않지."

타이 선생님이 말했다.

샌더스 선생님은 맥클렌턴 학생들도 지역의 다른 학생들과 같은 수준으로 끌어올려야 한다고 말했다. 타이 선생님도 그래야 한다는 데 동의했다. 하지만 시험이 애들의 학습 성과를 재는 유일한 방법은 아니라고 말했다.

"시간이 지나면 애들도 나한테 고마워할 거야."

샌더스 선생님이 말했다.

타이 선생님은 침대에 앉아 다리를 꼬았다.

“그때까지 네가 여기 있다면.”

샌더스 선생님은 선 채로 팔짱을 꽉 끼고 있었다.

“학생들이 네게 심하게 한다는 거, 나도 알아. 칠판에 얼굴을 그리고, 복도에서 네이름을 함부로 부르는 거. 그리고 너한테 얼굴을 새로 바꾸라고 소리치는 거 말이야.”

“그 얘긴 별로 하고 싶지 않다. 그런 문제는 무대 뒤로 보내버리자.”

샌더스 선생님은 몸을 일으켜 침대 한 쪽을 내가 서 있는 무대 뒤쪽으로 밀기 시작했다. 난 더듬더듬 가방을 찾아 쥐고 거기서 빠져 나오려 했다. 하지만 그 자리에서 멀리 떨어지지는 않았다. 두 선생님의 이야기를 듣고 싶은 유혹을 뿌리칠 수 없었던 것이다.

타이 선생님은 무대 끝으로 걸어가서 앉았다. 무대 아래로 늘어뜨린 짧은 두 다리가 우스꽝스러웠다. 선생님은 손가락으로 무대 바닥에 원을 그리기 시작했다.

“좀 편하게 생각하면 좋겠어.”

타이 선생님이 샌더스 선생님에게 말했다.

“우린 누구도 완벽하지 않으니까.”

"너라면 그런 말을 쉽게 할 수 있어."

샌더스 선생님이 말했다. 그러고는 아주 부드럽고 슬픔이 깃든 음성으로 이야기를 계속했다. 어릴 때는 어땠는지, 자기 얼굴을 다시 제대로 만들어 달라고 얼마나 간절하게 기도했는지, 그런 이야기였다.

"신은 그렇게 만들어주시지 않더라고."

샌더스 선생님이 말했다.

"그래서 난 그런 약점을 만회하려고 애썼어. 얼굴만 빼고 다른 모든 일에서 완벽한 모습을 보이는 것으로 말이야."

선생님은 어떤 일에서도 다른 사람들보다 더 잘해야만 했다. 얼굴 때문에 선생님이 남들에 비해 부족하다고 생각하는 사람들이 많아서 그랬다. 옷도 남들보다 잘 입어야 했다. 그리고 가장 높은 성적을 받고 가장 창의적으로 일해야 했다. 회사에서 선생님은 내리 6년 동안 최고의 영업 실적을 올렸다.

"여기 맥클렌턴에 와서도 남들보다 더 오래 일해. 그리고 학생들에게 다른 곳에서는 배울 수 없는 걸 가르치려고 해."

"그러다 보니 네 자신뿐 아니라 다른 사람들한테도 압박감을 느끼게 하는 거야."

샌더스 선생님에게 다가가면서 타이 선생님이 말했다.

"넌 좋은 아이디어가 많은 훌륭한 교사야. 여기 애들은 네 외모가 어떻든 결국 널 좋아하게 될 거라고."

샌더스 선생님은 거울을 꺼내어 입술을 다시 바르기 시작했다. 바로 그 순간 내가 정신을 차렸을 때는 이미 거울 속 선생님이 나를 노려보고 있었다.

"말레카 매디슨, 요 꼬맹이 염탐꾼아!"

21

타이 선생님이 거기 없었다면 샌더스 선생님은 나한테 어떻게 했을까? 무대 뒤에 멀찍이 떨어져 있는데도 샌더스 선생님은 몹시 화가 난 것 같았다. 선생님들은 자신의 개인적인 일이 학생들에게 알려지는 걸 싫어한다. 개인적인 일이 알려지는 건 학생한테 폭행을 당하는 것 못지않게 선생님들을 돌아버리게 만드는 모양이다.

타이 선생님이 흥분하지 않고 언제나 침착한 걸 보면 요가나 쿵후는 정말 효과가 있는 운동인 것 같다. 타이 선생님은 정말 느긋했다. 하지만 샌더스 선생님은 안절부절못했다. 팔짱을 꽉 끼고 앉아 있었다.

타이 선생님은 나한테 앉으라고 했다. 그런 뒤 남의 대화를 엿

듣는 게 얼마나 무례한 일인지 설명했다. 그 말이 맞는 건 나도 안다. 그래서 내가 들은 걸 절대 남에게 말하지 않겠다고 했다. 타이 선생님은 날 믿는 듯 보였지만, 샌더스 선생님은 전혀 그렇지 않았다.

***

다음날 샤를리즈를 만났을 때 난 그날 일에 관해서는 하나도 말하지 않았다. 샤를리즈는 영어 과목에서 낙제한 애들 가운데 하나였다. 그러니 샌더스 선생님에 관해 조금이라도 안 좋은 이야기를 알게 되면 얼마나 날뛸지 뻔한 일이었다. 어쨌든 난 입을 다물었다. 샌더스 선생님은 어차피 곧 샤를리즈 일로 속을 끓이게 될 것이었다. 샤를리즈는 주주 언니에게 영어에서 낙제했다는 이야기를 했다. 샌더스 선생님이 자기를 싫어해서 그렇게 되었다고 말이다. 주주 언니는 자기가 알아서 처리할 테니 걱정 말라고 했단다.

수업 시간에 샌더스 선생님은 나더러 방과 후에 좀 보자고 했다. 선생님은 학교가 끝나기 전에는 아무 것도 할 수 없다고 생각하는 여자임에 틀림없다. 언제나 우리더러 자기를 기다리면서 늦도록 학교에 남아 있도록 한다.

방과 후 선생님 교실에 들어섰을 때, 선생님은 책상에 다리를 올린 채 책에 머리를 묻고 있었다. 나를 보자 선생님은 다리를 내렸다.

"좋아. 왔구나. 거기, 그래, 거기 앉아."

선생님이 말했다.

자리를 잡고 앉으면서 선생님이 빨리 끝내주기만 바랐다.

선생님은 평소보다 조금 덜 차려 입었지만, 단추만은 언제나처럼 단단히 채운 모습이었다. 오늘 선생님은 해군 군복처럼 금색 단추가 달린 파란색 정장을 입었다.

"너하고 얘기 좀 나누고 싶었어, 말레카."

선생님은 두 손을 문지르기 시작하면서 손가락을 우두둑 꺾었다.

"네가 쓰는 일기 말이다. 여태 한 번도 그 얘길 안 해서. 그래, 어떻게 돼 가니?"

선생님이 다른 얘기를 하기 전에 내가 작문한 공책을 꺼내어 선생님께 보여주었다. 난 마치 진짜 살아 있는 인물인 것처럼 아켈마 얘기를 했다.

선생님은 내 작문을 칭찬했다. 그러면서 그 작문 하나로 A를 두 개 받을 거라고 알려주었다. 내가 원하면 그 일기를 계속 쓸 수 있지만, 선생님이 억지로 쓰게 하지는 않을 거라고 했다. 난 선생님을 위아래로 훑어보며 말했다. 앞으로 어떻게 할지 나도 모르지만, 꼭 해야 하는 숙제가 아니라면 안 할 것 같다고 말이다.

선생님은 아무 말도 하지 않았다. 내가 교실을 나가지 않기를 바라는 것 같았다. 여기 있기보다는 TV에서 <내 사랑 루시>를 보고 싶어서, 난 집으로 가려고 일어섰다. 그제서야 선생님은 내내 하려고 했을 말을 했다.

"나하고 타이 선생님이 한 얘기 말이야, 다른 사람에게 했니?"

선생님은 엄한 표정을 했다. 그리면서 개인적인 사정이 학생들에게 알려지지 않는 게 선생님들에게는 아주 중요한 일이라는 얘기를 했다. 그런 게 알려지면 '선생님의 신뢰도가 손상될 것'이라는 알쏭달쏭한 말도 했다.

"뭐, 선생님은 걱정 안해도 돼요."

샌더스 선생님 책상에 다가가면서 내가 말했다.

"난 절대로 얘기하지 않을 거니까요."

선생님들은 가족 사진을 책상 위에 둔다. 자녀, 남편, 심지어 강아지 사진들이다. 타이 선생님 책상에는 선생님이 다달이 돈을 보내서 돕는 아프리카 여자애 사진이 있다. 그런데 샌더스 선생님 책상에는 어떤 사진도 없다. 일 말고는 아무런 생활이 없다는 듯 말이다.

샌더스 선생님은 자리에서 일어나서 교실을 서성거렸다. 무슨 말을 해야 할지 생각 나지 않는 모양이었다. 그렇게 오락가락하는 모습이 내 신경을 건드리기 시작했다. 난 칠판으로 가서 그림을 그렸다.

"선생님은 세상에서 유일하게 괴롭힘 당하는 사람인 것처럼 행동해요."

선생님 눈을 똑바로 쳐다보며 내가 말했다.

"나 같은 애도 있는데 말이에요."

선생님은 걸음을 멈추고 움직이지 않았다.

난 계속 말했다.

"피부색을 잘못 타고난 사람도 있고, 키나 얼굴이 잘못된 사람도 있어요. 그렇다고 그런 것 때문에 잘못된 사람이 되는 건 아니잖아요. 안 그래요?"

난 조금 전에 선생님이 한 것처럼 내 책상에 앉아서 다리를 올렸다.

"아, 물론, 나도 잘난 구석이 있다는 거, 알아요."

선생님은 웃음을 지었다.

"말레카, 넌 잘난 구석이 아주 많아."

선생님은 내가 작문과 수학을 아주 잘한다고 했다. 그러더니 다른 과목의 성적을 올리는 문제를 얘기하기 시작했다.

선생님이 도를 넘어서기 전에 내가 물었다.

"선생님도 친구가 있어요?"

선생님은 어깨를 움츠리며 대답했다.

"몇 사람 있었지. 근데 그게 힘들었어. 회사 일로 내내 돌아다니면서 친구 관계까지 유지한다는 게 말이야."

"선생님하고 타이 선생님은 단짝이죠?"

"요 아가씨가 질문이 정말 많네!"

선생님이 말했다. 그러고는 대답했다.

"맞아. 타이 선생님하고 난 대학 시절부터 친구지. 나더러 여기 맥클렌턴으로 오라고 한 사람도 타이 선생님이고."

난 책을 주섬주섬 챙기며 갈 채비를 했다.

"친구가 한 사람이라도 있으니 다행이에요."

내가 말했다.

22

집에 거의 다 와서야 난 비로소 생각이 났다. 도서관 작문대회에 작품을 제출하기로 한 것 말이다. 그래서 발길을 돌려 다시 도서관으로 가서 사서를 만났다. 사서 말로는 작문대회에서 일등을 하면 상금이 백 달러란다. 난 바로 참가 신청을 했다. 작품은 다음날 제출하겠다고 사서에게 말했다.

집에 돌아와 밥을 먹은 뒤 곧장 내 방으로 가서 아켈마 이야기를 고쳐 쓰기 시작했다. 난 그 이야기를 세련되고 깔끔하게 다듬었다. 수정을 마쳤더니 글은 다섯 쪽으로 줄어들었다. '이건 분량이 좀 모자라는데.' 하고 생각했다. 그래서 밤을 반쯤 새우면서 글을 덧붙였다. 그 사이 엄마는 몇 번 내 방으로 와서 그만 자라고 했다. 난 글을 마칠 때까지 깨어 있게 내버려두라고 부탁했다.

일기야, 안녕?

킨자리는 이제 더 이상 빼빼 마른 사람이 아니다. 그들은 킨자리에게 선원 일을 맡겼고, 그래서 킨자리도 잘 먹게 된 것이다. 그를 보자 눈물이 났다. 난 몸을 둥글게 말고 얼굴을 숨겼다. 킨자리가 가까이 와서 내 옆에 앉았다.

"아켈마, 너보다 아름다운 사람은 없어."

그가 말했다. 그의 말에 난 다시 울었다.

"네가 가는 곳이면 난 어디든 갈 거야."

킨자리가 내 귀에 속삭였다.

"고향에서 넌 배를 짓는 목수로 유명했잖아. 배가 항구에 들어가면 그들은 널 이 배에 붙잡아 둘 거야. 그럼 넌 거의 자유인이 되는 거야."

내가 말했다.

킨자리는 내게 대답했다. 해를 보고 싶어도 못 보고 바람을 느끼고 싶어도 못 느끼는 이런 배에서는 절대 일하지 않는다고.

"나 혼자 자유를 얻을 바에야 너하고 함께 노예로 살겠어."

그리고 그는 내 턱을 잡고 나무 컵으로 물을 마시도록 도와주었다. 처음에는 그의 눈을 쳐다보지 않았다. 하지만 잠시 뒤 그의 눈을 쳐다보았을 때 난 기뻤다. 칸자리의 두 눈은 햇볕처럼 날 따뜻하게 했다.

— 아켈마

엄마에게 아켈마 이야기를 한 건 어제 밤이 처음이었다. 오늘 아침 잠에서 깼을 때, 엄마는 이야기가 어떻게 끝나는지 물었다. 난 엄마에게 일기를 건넸다.

"넌 글 쓰는 재주가 있어. 언젠가는 진짜 작가가 될 거야."

엄마는 일기를 조심스레 내려놓으며 말했다. 샌더스 선생님 같은 목소리로 엄마가 말을 이었다.

"네 아빠처럼 말이다."

"아빠가 글을 썼어? 이런 글을?"

내가 일기에 손을 얹으며 물었다.

"너처럼 잘 쓰지는 못했지."

대답하면서 엄마는 물을 한 잔 마시려고 부엌으로 갔다. 냉장

고에 넣어 둔 찬물은 절대 안 마시고 수도꼭지에서 받은 미지근한 물만 마시는 엄마다.

"그래도 네 아빤 멋진 편지나 시 같은 걸 썼단다."

"엄마나 나도 아빠 시에 등장해?"

"아빠가 널 두고 쓴 시, 기억 안 나니? 네가 얼마나 예쁜지 노래한 시 말이다."

난 흥분해서 물었다.

"내가? 뭐라고? 아니, 생각 안 나. 아빠가 그걸 쓴 게 언제야? 그 시, 어디 있어?"

"기억을 못 하겠네."

다시 물을 받으러 가면서 엄마가 말했다. 그러다 엄마가 갑자기 딱 멈춰 섰다.

"자, 어디 보자. 아마 내 옷장 안 그 상자 안에 있을 거야. 아빠가 나한테 준 것들은 모두 거기 넣어뒀거든. 시가 있는지는 이젠 생각이 안 나지만."

계단을 두 칸씩 뛰어 위층으로 올라갔다. 마지막 계단을 훌쩍 건너뛰어 거의 떨어지듯 엄마 방으로 들어갔다. 판타지 소설과 당첨 안 된 복권과 자투리 천 조각으로 가득 찬 구두 상자들을 헤치고 "그레고리"라는 아빠 이름이 쓰여 있는 상자를 찾았다. 깨지기 쉬운 물건이라도 되는 듯 조심조심 그 상자를 옷장에서 꺼냈다. 하지만 상자를 열 용기가 나질 않았다. 마침내 그걸 열었을 때, 난 눈물이 났다. 아빠하고 내가 집 앞에 있는 사진이 여러 장 보였다. 마당에서 둘이서 풋볼을 하는 사진, 아빠가 날 업고 계단을 오르는 사진들이었다. 아빠가 세상을 떠난 뒤로 난 그 사진들을 보지 않았다.

엄마는 내가 30분 뒤에는 학교에 가야 한다며 서두르라고 소리쳤다. 사진을 다 볼 때까지 시는 나타나지 않았다. 아빠의 출생증명서와 택시 운전을 위해 받은 운전면허증이 나왔다. 막 포기하려던 참에 구김이 많이 난 갈색 종이봉지가 눈에 띄었다. 봉지는 주름을 펴서 단단히 접은 상태였다. 그 위에는 낱말들이 단정하고 곧고 힘찬 글씨체로 쓰여 있었다.

갈색

아름답다
반짝인다
나의,

나의 말레카는

갈색이다

아름답다

반짝인다

내 아기

엄마가 나를 불렀다. 난 대답할 수 없었다. 내 입 안은 아빠가 쓴 낱말들로 가득 찼고 내 머리는 다시 아빠를 기억해냈다. 키가 크고 피부가 검고 늘 웃는 아빠였다. 택시가 낡은 빵 트럭을 들이받는 바람에 그런 아빠가 사라지고 말았다. 날 두고 사라져 돌아오지 않았다. 적어도 지금까지는.

"얘, 말레카야, 너 이제 학교 가야 해."

엄마가 위층으로 올라오며 말했다.

아빠의 시를 접어 호주머니에 넣었다. 아빠가 날 업고 있는 사진을 따로 꺼내어 다른 호주머니에 넣었다.

"뭐라도 찾았니?"

침대로 와서 내 곁에 앉으며 엄마가 물었다.

"응, 몇 가지."

겉옷을 가지러 엄마 방을 나서면서 내가 대답했다.

엄마는 내가 찾은 게 뭔지 묻지 않았다. 관심이 없어서가 아니라, 아빠를 다시 보거나 아빠 음성을 들을 마음의 준비가 되어 있지 않기 때문이다. 엄마는 사진들을 다시 상자에 넣고 그 상자를 선반에 올렸다. 내가 다녀 오겠다며 키스를 하자 엄마는 금세 바느질하는 방으로 가서 재봉틀을 돌렸다. 현관문을 닫을 때 내게 들리는 거라곤 시끄럽게 돌아가는 재봉틀 소리뿐이었다.

23

학교에서 점심 시간에 급식을 건너뛰고 도서관에 가서 작문대회 작품을 제출했다. 사서는 오늘까지 참가자가 백 명이 넘는다고 했다. 그 얘기를 듣고 난 참가를 포기하려 했다. 하지만 그 순간, 이 글을 쓰는 데 얼마나 많은 시간을 쏟아 부었는지 떠올랐다. '어차피 더 이상 잃을 건 없어.' 하고 혼잣말을 했다. 도서관을 나서는데 탁자에 놓인 책 몇 권이 눈에 들어왔다. 모두 시집이었다. 잠시 그 책들을 보면서 난 다시 아빠를 떠올렸다.

교장실에서 일을 하면 얻는 것도 있다. 예를 들면, 거기선 온갖 걸 다 보고 듣는다. 퍼졸리 교장 선생님에게 항의를 하러 오는 학부형들도 있다. 오늘은 주주 언니가 왔다. 미리 약속을 하지 않고 왔지만 언니는 막무가내로 샌더스 선생님을 만나겠다고 했다.

할 수 없이 수업 중인 샌더스 선생님을 나오게 하고, 그 대신 다른 선생님이 그 교실에 들어갔다.

케럴 선생님이 뭐라고 말을 하기도 전에 언니는 엄청나게 크게 소리를 질렀다. 샌더스 선생님 때문에 자기 동생이 낙제했다고 난리를 피웠다.

교장 선생님이 달려 나와 조용히 해달라고 부탁했다. 그리고 악수를 청하면서 자기를 소개했다. 언니는 오물이라도 묻어 있는 것처럼 그 손을 내려다보더니 악수를 거부했다. 교장 선생님은 주주 언니에게 진정하라고 했지만 그럴 기미는 안 보였다.

주주 언니는 자기가 누구인지, 무슨 일로 여기 왔는지 말했다. 오늘 언니는 소방차처럼 빨갛고 몸에 딱 달라붙는 옷을 입었는데, 움직일 때마다 체다 치즈를 갈아 내는 것처럼 사륵사륵 소리가 났다.

언니는 망치질을 하듯 주먹으로 사무실 접수대를 내리쳤다. 또 길고 빼빼 마른 손가락으로 교장 선생님 얼굴에 삿대질을 하며 소리를 질렀다.

"그 여자가 오기 전에 샤를리즈는 늘 A만 받았어요. 근데 지금은 모조리 D라고요. 이게 도대체 무슨 일이에요?"

샤를리즈가 그런 성적을 받는다는 건 사실이었다. 우리 학교에

오자마자 샌더스 선생님은 나와 샤를리즈 자리를 떨어뜨렸다. 샤를리즈가 내 답안지를 훔쳐보는 걸 알아차려서 그런 모양이다. 나도 전처럼 샤를리즈의 숙제를 해주지 않는다. 요즘 들어서는 엄마가 집안일을 너무 많이 시켜서 시간이 나지 않는다고 핑계를 대고 있다.

교장 선생님이 뭐라고 대답을 하기도 전에, 언니는 다른 주제로 넘어갔다.

"집에서도 샤를리즈는 내내 그 여자 얘기만 해요. 얼마나 야비하게 구는지 모른다고 말이에요. 게다가 아주 흉하게 생겼다죠? 얼굴에 화상을 입었는지 어떤지 모르지만, 자기 문제로 내 동생한테 분풀이를 하면 안 되죠!"

교장 선생님은 언니에게 자기 방으로 들어가자고 권했다.

"아뇨!"

언니가 대답했다. 샌더스 선생님을 만나기 전에는 절대 가지 않겠다고 했다. 결국 교장 선생님은 캐럴 선생님에게 당사자를 불러 오도록 했다.

샌더스 선생님은 고개를 쳐들고 팔에 성적기록부를 낀 채 교무실로 들어섰다. 오늘 선생님이 입은 옷도 빨강이었다. 선생님은 아무런 동요 없이 침착한 얼굴이었다. 아마 주주 언니를 만난 적이 없어서 그랬을 것이다.

교장 선생님은 언니에게 자기 사무실로 따라 들어오라는 손짓을 했다. 언니는 고개를 저었다.

"우리 문 닫고 숨지 맙시다. 난 이 문제가 공개되어야 한다고 생각해요. 옳은 게 옳은 거니까요, 여기서 이야길 끝내요."

교장 선생님도 물러서지 않았다.

"이런 일은 내 사무실에서만 처리합니다. 아님 말고요."

언니는 입을 다물지 않고 떠들면서도 교장 선생님을 따라갔다.

"샤를리즈가 이런 일을 겪은 게 지난 7년 동안 벌써 세 번이에요."

언니가 말했다.

"걔는 이런 일로 시간을 낭비할 수 없다는 거, 다른 선생님들은 다 알잖아요. 그분들은 샤를리즈를 낙제시킨 적이 없었다고요."

샌더스 선생님은 언니에게 종이 몇 장을 건넸다. 대부분 미완성이죠, 하고 선생님이 말했다. 샤를리즈는 숙제는 안 하고 쪽지나 내고 있다고 알려주었다. 언니는 그 종이들을 들여다보았다.

그 다음에 무슨 일이 벌어졌는지는 모른다. 캐럴 선생님은 나한테 관리인 아저씨를 찾아서 엉망이 된 남학생 화장실을 청소하라는 교장 선생님 지시를 전달하라고 했다. 그런 지시는 내부 전화로도 할 수 있는 일이다. 캐럴 선생님은 나를 그 자리에서 내보내려고 그런 것이다. 심부름을 다녀왔더니 주주 언니가 쿵쾅거리며 교무실을 나서면서 샤를리즈가 중학교 1학년에서 낙제를 하면 안 된다고 말하고 있었다. 언니의 발소리는 볼링공이 마룻바닥에 떨어지는 것 같았다. 그러다 갑자기 멈춰 서서 샌더스 선생님을 아래위로 훑었다.

"당신은 자신이 대체 무슨 짓을 저지르고 있는지 모르는 거야. 전에는 한 번도 애들을 가르쳐본 적 없으면서 말이지. 내 동생한테 낙제 점수를 줬다간 선생질을 영영 못하게 될 거야. 난 아는 사람들이 있다고. 힘깨나 쓰는 사람들 말야."

그렇게 말하면서 언니는 그곳을 나갔다.

24

샌더스 선생님은 샤를리즈와 주주 언니를 열 받게 하면 어떤 일이 벌어지는지 몰랐다. 그때부터 샤를리즈는 샌더스 선생님에게 복수하겠다는 말만 했다. 그건 농담이 아니었다.

작년에 체육 선생님이 샤를리즈에게 낙제 점수를 줬을 때, 그 애는 선생님의 뚜껑 열리는 차 지붕에 구멍을 냈다. 어느 선생님이 주주 언니에게 샤를리즈가 수업을 너무 많이 빼먹는다고 하자 그 애는 선생님 성적기록부 안에 풀칠을 했다.

나와 샤를리즈와 쌍둥이 자매가 학교 뒤편에서 만났을 때, 샤를리즈는 샌더스 선생님이 최악의 사건을 겪게 될 거라면서, 선생님을 골탕먹이기 위해 내일 새벽에 학교에서 만나자고 했다. 난 하늘을 올려다보았다. 신이 전기 실험을 하는 것처럼 번개가 하늘을 가로지르고 있었다. 검은 구름이 뒤덮고 있어서 곧 소나기라도 퍼부을 것 같았다.

난 폭풍우가 무섭다. 그런데 샤를리즈는 그렇지 않다. 그 애는 집 안에 앉아서 사람들이 비를 맞고 번개에 쫓기는 모습을 즐긴다.

"샌더스 선생이 기겁을 하게 만들자."

샤를리즈가 블루베리 색을 손톱에 덧칠하면서 말했다.

"난 못 생긴 그 여자가 미워. 정말 미워."

강당에서 샌더스 선생님과 타이 선생님이 나눈 대화를 샤를리즈에게 일러바칠까, 하는 생각이 들었지만, 그러지 않았다. 난 고자질쟁이가 아니니까. 한 번도 그런 적 없었고, 앞으로도 절대 그러지 않을 거니까.

"우리 하이파이브 하자! 뭔 일이 있었어?"

레이나가 나를 지나쳐 샤를리즈 쪽으로 가면서 말했다.

샤를리즈는 어떤 식으로 샌더스 선생님에게 복수를 할지 레이나에게 얘기했다.

"빚 갚을 시간이 온 거야!"

말하면서 샤를리즈는 크게 웃었다.

난 두 애가 하는 이야기를 흘려 들으며 하늘을 올려다보았다.

“그 선생 교실에 있는 큰 장갑, 본 적 있어? 그게 엄청나게 비싼 거래. 그러니까 그걸로 시작하자.”

샤를리즈가 말했다.

“추수감사절 칠면조처럼 그걸 둘로 가르는 거야.”

레이나와 레이즈는 서로 하이파이브를 하고, 벽에 스프레이로 글자를 쓰자는 얘기를 했다.

“기껏 훈육실에 갔었다고 그런 짓들을 하겠다는 거야?”

내가 물었다. 샤를리즈와 쌍둥이 자매는 나한테서 돌아섰다. 난 마른 침을 삼키고는 물었다.

“샤를리즈, 너 전에 훈육실에 갔었잖아. 그래서 이런 미친 짓을 하려는 거니?”

샤를리즈는 계속 손톱에 칠을 했다.

“샌더스 선생님처럼 못생긴 사람 때문에 돌아서서 볼 때마다 깜짝깜짝 놀란다니까. 그뿐이니? 주주 언니한테 내 욕을 한 거야. 그건 도저히 봐줄 수가 없어. 기다려 봐. 내일 아침은 그냥 시작일 뿐일 테니까.”

‘난 샌더스 선생님하고 더 이상 틀어지면 안 돼.’

내가 혼잣말을 했다.

“말레카, 닥쳐.”

레이즈가 말했다.

"샤를리즈가 어련히 잘 알아서 할까."

"물론 내가 잘 알아서 할 거야."

내 머리 쪽으로 매니큐어를 던지면서 샤를리즈가 말했다. 매니큐어는 머리에 맞지 않았지만, 계단에 떨어져 깨졌다.

"난 더 이상 말썽을 부리면 안 된단 말야. 그건 확실해."

내가 낮은 소리로 말했다.

일이 더 꼬여가느라고 존-존 매킨타이어 패거리가 나타났다.

"하늘이 곧 너 같이 새까매질 것 같아, 말레카야."

구름을 쳐다보면서 존-존이 말했다. 그 녀석 친구들은 그 말이 재미있는지, 웃으며 서로 하이파이브를 했다. 그런 뒤 녀석들은 노래를 시작했다.

"말레카, 말레카, 우린 널 잡고 싶지만……"

"시끄러워!"

샤를리즈가 소리를 질렀다.

"존-존 매킨타이어, 내가 너 아주 작살을 내주지."

샤를리즈가 존-존을 쫓아가면서 말했다.

"샤를리즈 좀 어떻게 해 봐."

존-존의 친구 가운데 누가 말했다.

"그렇게 잘난 계집애가 널 쫓아다니잖아."

존-존은 대꾸하지 않았다. 능글맞은 웃음을 띠고 샤를리즈를 바라볼 뿐이었다.

"한밤중 아가씨, 또 보자!"

존-존이 내게 말했다.

난 속에서 분노가 끓어올랐다. 저절로 주먹이 쥐어졌다.

그때 도서관에 있던 시집에서 읽은, 한밤중을 소재로 쓴 시 한 편이 떠올랐다. 시 구절들이 머리 속에서 뒤죽박죽이 됐다. 웃음이 났다.

한밤중

한밤중이다. 볼 줄 아는 눈이 있다면
아름다움이 보인다 장엄함이 보인다

예쁜 갈색 아기들은 이불 속에서 잠 자고
별똥별은 밤하늘을 가른다

강하고 굳건한 나무는 하늘까지 자라
달빛 자장가에 춤 추고 흔들린다

시냇물도 숨죽인 고요한 밤
천사들은 빛을 향해 달려간다

한밤중이다. 볼 줄 아는 눈이 있다면
아름다움이 보인다 장엄함이 보인다

샤를리즈는 내가 무슨 생각을 하는지 이해하지 못했다. 그 애는 날 쳐다보고는 내가 혼자 히죽거리는 게 바보 같다고 했다. 그런 뒤 존-존에게 그 커다랗고 등신 같은 입을 다물라고 말했다. 존-존은 눈을 찡긋 하고는 자리를 떴다. 하지만 존-존은 가면서도 나를 돌아보았다. 그리고 나한테 무슨 일이 벌어지고 있는지 통 모르겠다는 표정을 지었다.

샤를리즈는 자기가 언제나 날 지켜줬다느니 뭐니 했지만, 난 건성으로 들었다. 난 머리 속에 떠오른 그 시를 몇 번이고 되뇌었다.

그러는 사이에 칼렙이 나타났다. 칼렙을 보자 샤를리즈는 갑자기 그 애 얼굴을 똑바로 쳐다보며 말투를 바꿔 또박또박 말하기 시작했다. 그 애의 꼰 머리가 멋지다고 했다. 또 그 애가 뿌린 향수가 뭔지도 물었다.

"안녕, 말레카!"

칼렙은 샤를리즈에게는 대꾸하지 않고 나를 불렀다. 언제나 그렇듯 칼렙은 멋진 모습이었다. 그리고 그 애의 체취는 더 훌륭했다. 칼렙은 연노랑빛이 도는 녹색에 황금색 소용돌이 무늬를 작게 수 놓은 아프리카 식 다시키 셔츠를 입었다. 칼렙과 나는 거기 그냥 서서 웃음만 주고받았다.

샤를리즈가 우리 둘 사이에 끼어들었다.

"말레카가 예쁘게 보인다면 나한테 고마워해야 해."

그 애는 칼렙에게 바싹 다가가며 말했다.

"옷을 사서 입힌 사람이 나니까. 예뻐 보이도록 내가 늘 관리를 한 거지."

그 애가 입술을 핥으면서 말했다.

칼렙은 자기 팔을 잡은 샤를리즈의 손을 뿌리치려 했다. 하지만 워낙 꽉 움켜쥐고 있어서 쉽사리 떨어지지 않았다.

"지난번 훈육실에서 한 이야기, 좀 더 생각해봤는데 말야."

샤를리즈의 손을 겨우 뿌리치고 내가 있는 곳으로 다가오면서 칼렙이 말했다.

"여기서 뭔가 달라지고 있다는 생각이 드는 거야. 뭔가 나아지고 있다는 생각 말이야."

"뭐가 말이야? 마룻바닥 청소 같은 거?"

내가 미간을 찡그리며 말했다.

"내일 몇몇이 만나서 어떻게 하면 맥클렌턴 중학교를 더 낫게 만들까, 의논하기로 했어. 말레카, 너도 꼭 와야 해."

칼렙이 다시 샤를리즈의 팔을 뿌리치면서 말했다.

"말레카는 내일 좀 바빠."

샤를리즈가 잘라 말했다.

"맞아, 좀 바빠."

내가 거들었다.

"그럼 바쁜 일 마치고 와."

칼렙이 말했다.

샤를리즈가 웃음을 터뜨렸다.

"그래, 말레카는 바쁜 일 마치고 갈 거야. 나도 그렇고. 그래, 나도 갈 거야. 우리 모두 이 학교 한 번 살려보자, 말레카. 안 그래?"

거의 넘어질 정도로 날 세게 밀면서 샤를리즈가 말했다.

난 둘이 하는 말을 건성으로 듣고 있었다. 오로지 이 망할 상황에서 빠져나갈 궁리만 했다. 샤를리즈가 샌더스 선생님을 망가뜨릴 계획을 세우고 난 뒤로 난 아켈마와 킨자리처럼 강인한 정신을 갖게 해달라고 기도했다.

"말레카야, 잘 들어."

칼렙이 내 팔을 잡고 귀에 속삭였다.

"샤를리즈는 정상이 아냐. 너까지 구렁텅이에 끌고 들어가기 전에 그 애한테서 떨어져야 해."

"우린 친구야."

내가 나지막이 말했다.

"맞아, 그렇지."

칼렙이 고개를 끄덕이며 말했다.

"샤를리즈는 널 꼼짝 못하게 가둬 두거나 크게 망가뜨릴 그런 친구야."

그렇게 말하고는 자리를 떴다.

칼렙이 한참 멀어진 뒤에도 난 여전히 그 애의 향수 냄새를 맡을 수 있었다. 그리고 샤를리즈를 멀리하라는 경고의 말도 귀에서 계속 맴돌았다. 하지만 그 애는 가능하지도 않은 이야기를 한 것이다. 샤를리즈와 떨어진다는 건 있을 수 없는 일이다. 샤를리즈는 절대로 날 놔주지 않을 테니까.

“말레카, 이리 와봐.”

내가 마치 멀리 떨어져 있기라도 한 듯 샤를리즈는 목청껏 소리를 지르며 나를 불렀다.

그 소리에 가슴이 마구 뛰기 시작했다. 샤를리즈의 계획이 틀림없이 날 곤란한 상황으로 밀어 넣으리란 걸 난 너무나 잘 알았다. 하지만 난 함께할 수밖에 없었다. 샤를리즈를 배반할 사람은 없다. 더 이상 살기 싫다거나 뭐 그런 바보 같은 생각을 하지 않는다면 말이다.

25

샤를리즈를 만나려고 집을 빠져나갈 때까지 세 시간을 꼬박 눈을 뜨고 침대에 누워 있었다. 그렇게 누워 있는 내내 난 오늘 못 간다고 샤를리즈에게 핑계를 댈 말을 생각해내려고 애를 썼다. 샤를리즈가 난리를 치지 않고 받아들일 그럴싸한 핑계 말이다. 하지만 현실을 똑바로 들여다보기가 너무 두려워서 난 옷을 챙겨 입고 집을 나섰다.

학교에 도착했을 때 날은 여전히 어두컴컴했다. 수업이 시작되면 정문은 잠기고 늦게 온 학생들은 초인종을 눌러야 한다. 하지만 이렇게 이른 아침에는 관리인들과 급식 아줌마들이 들락거리기 때문에 문이 열려 있다.

우린 학교 건물 옆에서 만나 학교에 들어가기 전에 아무도 없는지 확인했다. 난 도저히 함께할 수 없다고 말했지만 샤를리즈는 들은 척도 하지 않았다. 나한테 입 다물고 어서 안으로 들어가기나 하라고 말했다.

멍청한 레이나가 마지막으로 들어가면서 쾅 소리가 나게 문을 닫았다.

"누구야?"

문 소리에 어느 교실에서 관리인이 소리쳤다.

우린 꼼짝도 하지 않았다. 우리 넷은 실려갈 준비가 된 마네킹처럼 가만히 서 있었다. 다행히 관리인은 더 이상 문 소리에 신경이 쓰이지 않는지 이쪽으로 와서 무슨 일인지 확인하려 들지 않았다. 그 대신 그는 들고 다니는 라디오를 켠 뒤 노래를 부르기 시작했다.

우린 소리 죽여 웃으면서 그 관리인이 청소를 하고 있는 교실을 지나갔다. '그리 심각한 일은 벌어지지 않을 거야' 하는 생각이 들었다. 우린 곧 계단을 올라갔다. 계단을 하나씩 오를 때마다 샤를리즈의 높은 구두가 망치로 못을 내려치는 듯한 소리를 냈다.

다른 선생님들처럼 샌더스 선생님도 자기 교실 문을 잠글 것 같지만, 선생님은 그렇게 하지 않았다. 언젠가 선생님이 말했다. 여긴 우리 모두의 학교다. 따라서 학교에서 일어나는 일에 대해

선 우리 모두가 책임이 있다. 만일 누가 물건을 망가뜨린다면 그건 다른 누구도 아닌 우리의 잘못이다.

샌더스 선생님은 우리가 새로 읽을거리를 받을 때마다 교실을 새로 꾸민다. 이번 월요일에는 <알리바바와 마흔 명의 도둑>을 읽기 시작했다.

선생님의 교실 천장에는 리본이 주렁주렁 매달려 있었다. 벽에는 푹신푹신한 커튼이 걸렸다. 교실은 온통 보라, 분홍, 녹색 천지였다. 그런 색깔과 커튼 때문에 교실 전체가 부드럽고 안락한 분위기였다.

책상은 모두 뒤쪽으로 밀쳐졌고, 영화에서 아라비아 사람들이 앉는 것 같은 베개가 바닥에 흩어져 있었다. 샤를리즈는 베개 위에 벌렁 누워 여기서 한참 있을 것처럼 몸을 뻗었다.

"우리, 그냥 가자."

내가 말했다.

"선생님이 이렇게 꾸며놓은 교실을 망가뜨렸다간 우리 모두 죽음일 거야."

샤를리즈가 내게 눈을 부라렸다.

"복수에는 희생이 따르는 법이야."

그 애가 웃으며 말했다.

난 숨을 한 번 깊이 쉰 뒤 내가 입은 옷을 내려다봤다. 엄마가 만든 옷이었다. 오늘 샤를리즈에게 받을 옷은 그 애가 든 가방 안에 있었다. 그 옷을 그냥 가지고 있으라고 말하고 싶었지만 난 입을 다물고 옷을 받아 들었다.

쌍둥이 자매가 먼저 샌더스 선생님 책상을 뒤졌다. 레이즈는 풀통을 꺼내어 빨간색 벨벳 베개에 소용돌이 무늬가 생기도록 뿌렸다. 그러더니 끈적끈적해진 베개를 창문과 벽에 문질렀다.

샤를리즈는 낮고 야비한 웃음소리를 내면서 팔을 들어 커튼 몇 장을 뜯어 내렸다. 그 애는 레이즈에게 가위를 달라고 하더니, 끌어 내린 커튼에 구멍을 냈다. 레이즈와 레이나는 베개들을 찢어 속을 채운 깃털을 꺼낸 뒤 교실 여기저기에 뿌려댔다.

애들은 한참 동안 내가 있는지 모르는 모양이었다. 그러다 샤를리즈가 날 불렀다.

"말레카, 이리 와. 너도 한 몫 해야지."

나도 뭔가 해야 했다. 그렇지 않으면 날 겁쟁이라고 놀릴 것이다. 먼저 책상 서랍에서 선생님의 성적기록부를 꺼냈다. 서랍에는 선생님의 손목시계가 벽시계처럼 큰 소리로 째깍거렸고 있었다. 서랍을 닫은 뒤, D라고 쓰여 있는 부분들을 지우고 그 자리를 A로 채웠다.

"말레카야, 겨우 그 정도니?"

샤를리즈가 말했다.

"좀 더 잘해야지. 이리 와봐."

그 애는 호주머니에서 라이터를 꺼내어 내게 건넸다. 그러더니 교탁 위에서 돈다발을 태우라고 했다. 그건 우리나라에서 쓰는 돈이 아니었다. 그 지폐에는 뭉실뭉실한 머리에 옷깃을 높이 세운 왕과 여왕 그림이 있었다.

"그 돈을 모두 없애버리는 거야."

다시 책상으로 가서 그 안을 뒤지면서 샤를리즈가 말했다.

난 움직이지 않았다. 꼼짝도 않고 그대로 서 있었다.

"내 말 안 들리니?"

샤를리즈가 물었다. 그 애는 책상 서랍을 뒤지다가 뭔가를 호주머니에 넣은 뒤 서랍을 바닥에 엎었다.

"이건 정말 아니야."

내가 속삭였다.

샤를리즈는 내 손을 잡고 말했다.

"어서 해. 안 그럼 다시는 옷을 가져다 주지 않는다!"

난 고개를 저었다.

"싫어."

"너 지금 샌더스 선생님을 감싸고 도는 거야?"

샤를리즈가 물었다.

"그 뻔뻔한 여자를 보호하겠다는 거야? 왜? 그 여자도 널 싫어하기는 마찬가지야. 수업 시간 내내 널 놀리잖아, 바보야. 내가 하란 대로 안 하면, 그땐 이런 걸 네가 당할 줄 알아!"

난 아무 말도 하지 않았다. 잠시 뒤, 선생님하고 내가 만나자마자 죽이 맞은 사이는 아니었지만, 그래도 선생님이잖아, 하고 샤를리즈에게 말했다. 그 애는 여전히 난리를 쳤다.

샤를리즈는 나의 한쪽 어깻죽지를 쥐더니 무릎이 후들거리도록 눌렀다.

"말했잖아. 그럼 내가 널 가만 안 둔다고. 알아들어?"

내 어깨를 쥐어짜듯 누르면서, 샤를리즈는 새끼손가락을 자기 코에 깊숙이 넣어 후볐다. 그런 다음 세게 코를 풀자, 엄청난 양의 코 덩어리가 교탁에 올려놓은 지폐 뭉치 위에 뿌려졌다.

"하란 대로 해. 아니면 내가 더 엄청난 짓을 할 거니까."

라이터를 켜서 내 머리에 가까이 대면서 샤를리즈가 말했다.

샤를리즈의 눈을 들여다보았다. 엄마는 언제나 말했다. 눈을 보면 그 사람을 알 수 있다고. 그 애 눈은 살아 있는 느낌이 나지 않았다. 물수제비를 뜨려고 개울 바닥에서 건져 올리는 납작하고 까만 자갈처럼, 샤를리즈의 눈은 차갑게 굳어 있었다.

난 고개를 저었다.

"아냐, 난 안 할 거야."

나는 나직이 말했다. 그러자 샤를리즈는 내 어깻죽지를 더 세게 눌렀다. 뼈에서 우두둑 하는 소리가 났다.

난 다른 쪽 손으로 라이터를 잡고 지폐뭉치에 불을 붙였다. 불이 붙은 지폐의 왕과 여왕들은 둥글게 말리면서 까맣게 변하더니 사라졌다. 교탁에는 재만 남았다.

그제서야 샤를리즈는 나를 놓아주고 쌍둥이 자매 쪽으로 갔다. 난 구석에서 울었다. 울면서, 이번 학년에 일어난 일을 없던 것으로 할 수 있기를 빌었다. 다른 사람의 꼭두각시가 아니라 나 자신으로 돌아갈 수 있기를 빌었다.

그러면서 팔을 문지르고 있는데, 갑자기 뭔가가 타닥타닥 타는 소리가 들렸다. 그건 벽에 걸린 커튼이었다. 불이 커튼으로 옮겨 붙은 것이다!

"야, 너 이제 큰일 났다."

샤를리즈가 눈을 크게 뜨며 나한테 말했다.

"쉿!"

레이즈가 입에 손가락을 대며 문 밖을 살폈다.

"관리인 아저씨야. 모퉁이를 돌아서 우리 쪽으로 오고 있어."

"난 나갈래."

샤를리즈가 말했다.

샤를리즈가 앞장서서 도망쳤다. 그리고 내가 마지막으로 달렸다. 난 샤를리즈가 갖다 준 옷가방을 잡았다. 그걸 잡자마자 가방이 찢어지면서 옷이 빠져 나왔다. 난 달리면서 옷을 다시 밀어 넣으려 했다. 그 바람에 발을 짚을 때마다 옷이 빠져나왔다. 관리인 아저씨가 내 이름을 불렀다.

"말레카, 말레카 매디슨! 너 거기서 뭐하니? …… 세상에 …… 너, 도대체 무슨 짓을 한 거야?"

난 계단을 두 칸씩 뛰어 내려갔다. 그러다 넘어져서 무릎이 까졌다. 학교에서 빠져 나왔을 때, 샤를리즈와 쌍둥이 자매는 어디에도 보이지 않았다. 그곳에는 나만 있었고, 소방차들이 내가 방금 벌여놓은 일을 해결하기 위해 길모퉁이를 돌아 달려오는 중이었다. 나는 왼쪽, 오른쪽을 번갈아 둘러보다가 결국 집을 향해서 뛰었다. 눈물이 끝없이 흘렀다.

26

열쇠 구멍에 열쇠를 꽂기조차 힘들었다. 두 손이 정신 없이 떨렸다. 덜 떨리는 손으로 열쇠를 잡았지만 이번에는 열쇠를 떨어뜨리고 말았다. 옆집 잭슨 아줌마네 개들이 당장이라도 달려와서 날 갈기갈기 물어뜯을 것처럼 미친 듯이 짖었다. 열쇠가 어디 떨어진 거야? 하고 머리 속에서 비명을 질렀다. 열쇠를 찾느라 엎드려 기는 동안 무릎에서는 계속 피가 흘렀다.

잭슨 아줌마가 창 밖으로 고개를 내밀고 개들을 조용히 시킬 때, 난 숨을 죽였다. 숨을 죽이고 바위처럼 꼼짝도 하지 않았다. 아줌마는 개들이 왜 그렇게 심하게 짖는지 궁금해서 밖을 둘러보았다. 나를 못 본 아줌마는 탕, 하고 창문을 닫았다.

하지만 개들은 내가 거기 있다는 걸 알았다. 그래서 다시 짖으며 울타리에 달려들었다. 그걸 무너뜨리고 나한테 달려 올 것처럼 말이다. 울타리를 넘기만 하면 날 잡아먹었을 것이다.

마침내 열쇠를 찾았지만, 그걸 다시 떨어뜨리고 말았다. 엄마한테 어떻게 설명해야 좋을까? 교실에 불을 질렀다는 말을 어떻게 한단 말인가?

드디어 집 안으로 들어갔다. 신발을 벗어 소파 곁에 두었다. 그런 다음 위층으로 올라갔다. 아주 천천히. 하지만 계단이 문제였다. 낡은 나무계단은 말을 했다. 밟을 때마다 계단은 내가 올라간다고 일러바쳤다. 계단은 요란하게 삐걱댔다. 그래서 할 수 있는 대로 살살 밟았다. 잠 자러 가는 아기 발걸음처럼 발을 살살 내디뎠다. 세 발짝, 네 발짝, 다섯 발짝을 떼어 계단을 올랐다. 엄마는 여전히 코를 골았다. 아홉 발짝을 떼었다. 엄마가 돌아눕는 소리가 났다. 잠꼬대도 들렸다. 열 발짝, 이제 마지막이다. 거의 성공이다.

가슴이 빨리 뛰었다. 시내를 한참 달려온 것처럼 숨이 찼다.

마지막 발짝이 좋지 않았다. 그때 가장 시끄럽게 삐걱대는 소리가 났으니까. 엄마 방을 재빨리 지나갔다. 그때 전화벨이 울렸다. 전화벨은 한 번도 들은 적이 없는 큰 소리를 냈다. 이렇게 엄마 방 바로 앞 복도에 서 있는데 말이다.

황급히 내 방으로 들어갔다. 수화기를 드는 동시에 옷을 벗었다.

"얘야, 엄마는 안 주무시니?"

잭슨 아줌마였다.

옷을 침대 밑으로 차 던지며 생각했다. 세상에, 이 수다쟁이 잭슨 아줌마가 다 보고 있었던 건 아닐까.

"아뇨, 아줌마. 엄마는 곯아떨어졌어요. 나중에 전화해 보세요."

내가 대답했다.

그때 엄마가 불쑥 나타났다.

"이렇게 시끄러운데 내가 어떻게 잠이 들겠니?"

엄마가 무서운 눈으로 쳐다보는 바람에, 난 수화기를 떨어뜨릴 뻔 했다.

마른 침을 삼켰다.

"나 찾는 전화야?"

엄마는 수화기를 빼앗은 뒤 잭슨 아줌마하고 수다를 떨기 시작했다. 아줌마는 귀가 좋지 않아서 엄마는 거의 소리를 지르며 말했다. 마침 내일 근무가 없으니까 아줌마를 병원에 데려가겠다는 얘기인 것 같았다. 잭슨 아줌마는 지금 몸이 좋지 않으니까 오늘 병원에 가자고 했다. 엄마는 오늘은 일을 해야 한다고 말했다. 결국 두 사람은 말다툼을 하기 시작했다. 엄마는 잭슨 아줌마와 통화하면서 동시에 나한테도 말을 했다.

"돌아누워서 다시 자."

이불을 다독이며 엄마가 말했다.

난 돌아누운 뒤 기도했다. 저를 이 위기에서 구해주신다면, 다시는 그런 짓을 저지르지 않겠습니다.

엄마는 나한테 뭔가 다른 이야기도 하려 했지만, 잭슨 아줌마와 티격태격하느라 그러지 못했다.

27

엄마는 내가 저지른 짓을 알게 되었다. 난 절대 처벌을 피하지 못할 것이다. 엄마는 그렇게 말했다. 학교 보안관실에서 집으로 오는 내내 날 두들겨 팼다. 학교에서는 무기정학을 당했다. 그 일이 생각나기만 하면 엄마는 날 때렸다. 난 너무나 부끄러웠다.

이날까지 엄마는 한 번도 날 때리지 않았다. 그런데 이젠 나한테 말을 하거나 내 얼굴을 보는 것조차 힘든 모양이었다. 그리고 종일 울기만 했다. 심지어 일터에 가지도 않았다. 복권 놀이도 하지 않고 신문의 증권 소식도 읽지 않았다. 이웃사람들과 이야기를 나누거나 울거나 할 뿐이었다. 난 위층에서 꼼짝하지 않았다. 그렇게 참다가 결국 속이 쓰려와서 먹을 걸 가지러 아래로 내려갔다.

"내 차를 마시지 그러니? 만들어놓고 안 마셨거든."

엄마는 자기 컵을 내 쪽으로 밀었다. 그런 다음 잠시 그대로 앉아, 따뜻하고 긴 손가락으로 내 손을 어루만졌다. 우린 함께 울기 시작했다.

"엄마, 내가 일부러 그런 거 아냐."

"쉿." 하고 엄마가 내 말을 막았다. 그러고는 나한테 와서, 어렸을 때처럼 날 안아서 흔들었다.

"말레카야, 엄마는 오늘 종일 생각했단다. 어떻게 하면 네가 한 일을 되돌릴 수 있을까, 하고 말이야. 학교엔 어떻게 보상을 하나, 어떻게 하면 너한테 그런 짓을 시킨게 누군지 듣게 될까, 생각했어. 내 팔을 보렴."

소매를 걷어 올리면서 엄마가 말했다. 작고 빨간 피부 발진이 팔을 뒤덮었다. 목과 귀도 마찬가지였다. 너무 심하게 신경을 쓰면 엄마의 온몸에는 그렇게 발진이 난다. 그러면 가려워지지 않도록 내가 연고를 발라준다.

"하루 종일 생각했다. 배상금 이천 달러는 어떻게 구할까, 생각했어. 생각하면 할수록 발진만 더 생기는 거야."

엄마는 팔을 긁었다. 그런 다음 말을 이었다. 엄마의 말소리는 아주 조용하고 평화로웠다. 엄마는 자신이 아무리 날 보호하려고 해도 내가 달라지지 않는다는 걸 알게 되었다고 했다.

"넌 네가 보호 받을 가치가 있다고 생각했지? 근데 엄마는 깨달은 거야. 있는 그대로의 너야말로 네가 가진 전부라는 걸 말이야."

나처럼 똑똑한 애는 아무리 엉망인 구렁텅이라고 해도 스스로 빠져나올 수 있다고 믿는다고 했다. 엄마가 죽어서 사라진다는 건 생각만 해도 무서웠다. 나한테 그런 일이 생기지 않도록 해달라고 엄마에게 매달렸다. 난 콧물, 눈물을 닦아가며 울었다. 엄마를 따라 부엌에서 나와서 부탁했다. 선생님들에게 말해서 날 다시 정상으로 돌아가게 해달라고. 하지만 엄마는 그럴 생각이 없었다. 엄마는 복도 불을 끄고 위층으로 올라갔다.

울지 않으려고 애를 썼지만, 참을 수가 없었다. 엄마가 공정하지 않은 거다. 난 엄마한테 상기시키고 싶었다. 아빠가 세상을 떠났을 때 내가 엄마 편이었다는 걸 말이다. 그런데 왜 엄마는 이번에 내 편이 되어주지 않는 걸까? 어쨌든 엄마가 한 번 마음을 정하면, 그건 바뀌지 않는다. 이천 달러란 거금. 내가 그런 돈을 마련할 수 없다는 건 엄마도 안다.

그 돈을 마련할 방법이 무엇일까, 생각했다. 하지만 얼마 생각하지도 않았는데 전화벨이 울렸다. 샤를리즈였다. 내가 자기에 대해서 고자질했는지 알고 싶어 했다.

"아니."

내가 대답했다.

"그렇다고 앞으로도 계속 입을 다물고 있는다는 보장은 없어."

"말레카야, 그 전화 어서 끊어. 넌 통화금지 벌을 받고 있다."

엄마가 화장실에서 말했다.

"알았어, 엄마."

난 전화를 끊는 시늉을 했다. 그러고는 목소리를 낮춰서 샤를리즈에게 이제 끊어야 한다고 말했다. 하지만 그 애는 말을 이었다.

"난 더 이상 말썽에 휘말리면 안 되거든. 지난 번에 어느 선생님 차 지붕에 구멍을 냈을 때 학교에서 그랬어. 한 번 더 그런 일이 있으면 퇴학이라고 말이야."

"뭐, 난 벌써 무기정학 당했어."

내가 말했다.

"왜 나만 당해야 하니? 내가 그냥 나오자고 했을 때 왜 넌 들은 척도 안 했어?"

샤를리즈에게 '넌 학교에서 쫓겨나면 어떻게 될까?' 하고 말하고도 싶었다. 중학교 1학년을 다시 다니기엔 그 애는 너무 나이가 많으니까. 하지만 난 아무 말도 하지 않았다. 주주 언니는 샤를리즈가 이번에 1학년을 제대로 마치면 사백 달러를 주겠다고 했다. 샤를리즈는 그런 큰 돈을 놓치고 싶지 않았다. 어떤 일이 있어도 그 돈을 받고 싶었다.

샤를리즈는 내 말을 들어야 했다고 인정했다. 하지만 이미 너무 늦었다. 그 애가 오로지 알고 싶은 건, 내가 입을 다물 거라고 믿어도 좋겠느냐는 것이었다. 그렇게만 해준다면 더 좋은 옷을 갖다 주겠다고 했다.

어떻게 해야 할지 판단이 서지 않았다. 우리 모두를 곤란한 지경으로 끌고 들어갈 필요는 없었다. 내가 걸린 것만으로도 충분한 일이다.

"그럼 배상금 내는 걸 도와줄 수 있겠니?"

내가 물었다.

"물론이지. 네 뒤엔 우리가 있잖아, 친구야."

샤를리즈가 말을 이어 갔다.

"그러니까, 넌 아무 말도 안 한다는 거지? 우린 걱정 안 해도 되는 거지? 쌍둥이하고 나 말이야."

샤를리즈는 내가 어떤 성격인지 안다. 그 애는 내가 입을 다물 거라고 믿어도 좋다는 걸 알았다. 내가 일러바치지 않을 거라는 걸 말이다.

"물론이야. 너흰 이제 문제 없어. 배상금을 내는 걸 돕기만 한다면."

내가 말했다.

샤를리즈는 다음날 쌍둥이 자매와 얘길 나누겠다고 했다. 자매가 뭐라고 하는지는 나중에 전화로 알려주겠다고도 했다. 그런 다음 샤를리즈가 말했다.

"넌 정말 내 친구야, 말레카야. 네가 믿을 만한 애라는 걸 난 진작 알았다니까."

일기야, 안녕?

도토리를 생각해봐. 자라는 건 눈에 보이지 않지만, 그건 흙을 뚫고 나와. 해를 향해서, 더 강하게 자라기 위해서.

— 말레카

써놓은 문장들을 다시 읽었다. 괜찮다는 생각이 들었다. 그런데 이 문장들은 진실을 말하고 있을까? 지금 나 자신이 몇 주 전의 나보다 더 강하거나 더 용감하다는 생각이 들지 않았다. 그래서 오늘 쓴 일기를 일기장에서 뜯어냈다. 그리고 그 쓰레기 글을 돌돌 말아서 쓰레기통에 던져 넣었다.

28

엄마는 나를 길모퉁이에 있는 샘 아저씨 가게로 심부름을 보냈다. 그 가게는 엄마가 필요하거나 원하는 걸 반도 갖추고 있지 않은데도 말이다. 아무래도 날 당황하게 하려고 일부러 그런 것 같았다. 엄마는 아침에 먹을 계란 몇 개하고 베이컨 한 조각이 필요할 뿐이라고 했다. 물론, 그렇겠지.

난 스위츠와 같이 가도 되는지 물었는데, 엄마는 어림없다고 했다. 내가 조금이라도 즐거운 시간을 갖지 못 하도록 가서 물건을 사서 바로 돌아오라고 했다.

밖으로 나갔더니 사람들은 이 집 저 집 현관 계단에 앉아 있었다. 누군가의 아이들, 엄마, 아빠, 사촌들이었다. 모든 사람들이 무슨 일이 벌어졌는지, 나처럼 똘똘한 애가 하는 짓이 왜 겨우 그 정도였는지 물어보려고 나와 있다는 생각이 들었다. 길모퉁이에 이르렀을 때 하필이면 존-존의 모습이 내 눈에 들어왔다. 오늘도 기분이 나아지기는 틀린 날이었다.

"야, 드디어!"

존-존이 쿨한 척하며 겅중겅중 길을 건너왔다.

"그게 네 짓이라며? 다시는 학교에 못 돌아가는 거지? 안 그래?"

존-존의 얼굴은 웃음이 가득했다. 최고로 기분이 좋아 보였다. 나한테 나쁜 일이 많을수록 그만큼 사람들은 더 재미있어 한다. 그리고 존-존은 그런 사람들 가운데 하나일 뿐이다.

상대를 안 하고 계속 걸으면서 인도에 난 구멍을 세었다. 존-존은 껌을 권했다. 하지만 그 애한테서 뭘 얻을 내가 아니다.

"그래도 넌 입을 다물고 있잖아! 친구를 고자질하는 건 쿨하지 못한 일이지."

껌을 씹으면서 존-존이 말했다.

걸음을 멈추고 그 애를 내려다보았다.

"고자질할 사람도 없어. 다 나 혼자 한 일이니까."

"넌 그런 일을 혼자 할 배짱이 없어."

존-존이 말했다.

"넌 뒤집어 씌우기에 아주 적당한 애야. 넌 일러바칠 용기도 없는 애라는 걸 누구나 아니까."

존-존과 난 가게까지 나란히 걸어갔다. 난 얘기도 하지 않고, 그 애를 쳐다보지도 않았다. 바닥을 보고 그냥 서둘러 걷기만 했다. 머리로는 오로지 내가 빠져 있는 이 구렁텅이만 생각했다. 그러느라 남자애들 몇이 다가오는 것도 보지 못했다. 그 애들은 갑자기 나타났다. 나와 존-존에게 다가와서 큰 덩치로 햇빛을 가렸다.

그 애들은 존-존에게 달려들었다. 그리고 자기들 가운데 하나가 존-존의 고자질로 들치기범으로 잡혀 들어갔다고 했다. 그러더니 존-존을 마구 두들겨 팼다. 난 머리 속으로는 소리를 질렀지만 입으로는 한 마디도 나오지 않았다. 존-존은 주먹을 쥐고 짧은 팔을 뻗어가며 할 수 있는 대로 반격했다. 하지만 상대는 셋이었다. 존-존은 엄청나게 깨지고 있었다.

거리를 오가는 사람들은 누구도 존-존을 돕지 않고 그저 보기만 했다. 입술은 이미 터졌다. 왼쪽 눈은 부풀어오르고, 오른쪽 눈에서는 눈물 같은 게 흘러나왔다. 난 거기 서서 부채질 하듯 손과 팔을 떨었다.

존-존은 바닥에 쓰러져서 팔로 머리를 감쌌다. 애들은 그런 존-존을 심하게 밟았다. 마침내 내 목소리가 돌아왔다. 난 누구든 경찰을 불러달라고 소리쳤다. 하지만 사람들은 그냥 쳐다보고만 있었다. 난 몇 번 더 소리쳤다. 그제야 어떤 사람이 자기 집으로 뛰어 들어갔다.

피. 난 피를 보았다. 존-존은 아무 말도 못 했다. 움직임도 없었다. 갑자기 주주 언니 파티에 갔다 오는 길에 날 공격했던 애들이 떠올랐다. 그리고 갑자기 내 몸이 다른 사람의 지시를 받는 듯한 느낌이 들었다. 난 길 건너로 달려가서 모퉁이 어느 집 앞의 덤불에 뛰어들었다. 그러고는 회초리를 얻기 위해 가지를 잡아 당겼다. 그렇게 가지 몇 개를 꺾어 손으로 훑어서 잎을 떼냈다. 그런 뒤 존-존에게 돌아왔다.

그 녀석들 가운데 하나가 나를 바라보더니, 어디 한 번 그 회초리를 써보라고 부추겼다. 심장은 가슴이 아플 정도로 빨리 뛰었다. 두 손은 가지를 꺾고 잎을 훑어내느라 생긴 상처로 쓰라렸다. 바싹 마른 목도 따가웠다. 존-존은 쓰러진 채로 계속 얻어맞았다. 곧 이어 내가 그 애들에게 회초리를 휘두르기 시작했다. 내 회초리에 맞은 첫 애는 아기처럼 비명을 질렀다. 그 녀석 팔은 금세 부풀어올랐다. 그 녀석은 존-존에게서 떨어져 재빨리 나한테 덤벼들었다. 난 계속 회초리를 휘둘렀다. 그렇게 회초리를 휘두르고 땀을 흘리면서 어서 경찰이 오도록 기도했다. 경찰차의 사이렌이 점점 가까워졌다.

이제 나머지 두 녀석까지 존-존에게서 떨어져 나한테 덤볐다. 그 녀석들이 다가오자, 난 회초리를 버리고 눈을 감았다. 한 녀석은 두 손으로 내 팔을 잡아 비틀고, 다른 녀석은 나한테 험한 욕을 퍼부었다. 난 경찰이 어서 오기를 간절히 빌었다. 그런데 사이렌은 더 이상 들리지 않았다. 경찰은 가버리고 난 이제 여기서 죽겠구나, 하는 생각이 들었다.

녀석들은 존-존보다 더 심하게 패주겠다고 말했다. 난 아무 말도 하지 않았다. 눈도 뜨지 않았다. 금방이라도 오줌이 나올 것 같았다. 그때 다른 사람들이 말하는 소리가 들렸다. 어른들 목소리였다. 그러더니 갑자기 뭔가 터지는 소리가 났다. 그리고 철썩 때리는 소리도 났다. 그러자 녀석들이 날 놔주고 달아나기 시작했다. 눈을 떴을 때 녀석들은 이미 한참 먼 곳까지 갔다. 칼렙이 바로 내 앞에 서 있었다. 칼렙의 엄마, 동네 어른들과 함께였다. 그들은 정말 난데없이 불쑥 등장했다.

"여자애가 반쯤 죽도록 얻어맞는 건 그냥 둘 수 없어. 더구나 이 동네에선 말이지."

어느 노인이 말했다.

그들은 빗자루, 삽, 야구 방망이를 들고 있었다. 칼렙은 존-존을 부축해서 일으켰다. 그러면서 자기집에 가서 씻자고 했다. 존-존의 모습은 엉망이었지만, 크게 다치지는 않아 보였다. 칼렙 엄마는 나한테 괜찮으면 집 안으로 들어가자고 권했다. 나는 고개를 저었다. 난 어서 집에 가서 여기서 있었던 일을 엄마한테 얘기해야 했다. 칼렙에게는 아무 말도 하지 않았다. 그냥 힘 없는 웃음만 지어 보였다. 난 그가 와 준 것만으로도 행복했다.

존-존은 늘 내가 얼마나 새까만지 떠들어댔다. 그래, 난 우리 학교에서 가장 새까만 애다. 그래도 오늘 존-존을 구한 건 바로 나였다. 사람들은 칼렙 집으로 존-존을 데리고 가서 걸음마 배우는 아기처럼 보살폈다. 난 집으로 돌아갔다.

엄마한테는 자세한 얘기를 할 필요가 없었다. 내가 집에 다다르기 전에 이미 소문이 난 것이다. 안 그래도 엄마가 나한테 오려던 참이었다고 했다. 엄마는 내가 겪은 일을 세 번이나 들은 뒤에야 나를 방으로 보내주었다. 방에 가서 얼마 지나지 않았는데, 엄마가 문을 두드렸다.

"방금 너한테 편지가 왔다. 도서관에서 온 거네. 무슨 돈 낼 거라도 있니?"

엄마가 부드러운 목소리로 물었다.

엄마가 다음 말을 하기도 전에 내가 방문을 열었다. 그런 뒤 엄마 손에서 편지를 낚아챘다.

매디슨 양,

축하합니다! 마틴 맬컴 도서관의 제3회 청년작가대회 심사위원회는 귀하를 올해 대회의 우승자로 선정하였음을 알려드립니다.

엄마에게 편지를 보여주었다. 편지는 대단히 많은 학생들이 대회에 참가했고 또 내 작품이 한 달 동안 도서관 로비에 전시될 것임을 알려주었다.

난 그 자리에 서서 금색으로 크게 쓰여 있는 서두 글자들을 만지면서 한참 동안 편지를 읽고 또 읽었다.

엄마하고 나는 서로를 쳐다보았다. 갑자기 엄마가 울기 시작했다. 엄마 눈에서 굵은 눈물이 흘렀다. 엄마에게 왜 우는지 묻지 않았다. 난 그 이유를 이미 알고 있었다. 우리 둘은 이 모든 좋은 일과 나쁜 일에 아빠가 함께했으면 얼마나 좋았을까, 하고 생각했다.

29

엄마는 바로 나가서 축하 편지를 넣을 액자를 사 왔다. 우린 함께 편지를 액자에 넣고, 역시 액자에 넣은 아빠의 시와 함께 나란히 내 방 벽에 걸었다. 그날 남은 시간 동안 난 샤를리즈 일을 어떻게 할지 고민했다.

샤를리즈에게 전화를 걸어 미안하다고, 하지만 말해야겠다고 할까. 아니면 어쩌다 네 얘길 하고 말았다고 할까. 아니면 관리인 아저씨가 널 봤다고 할까. 난 고민이 되어 발을 굴렀다. 샤를리즈는 어떤 얘기도 믿지 않을 것이다. 샤를리즈 얘길 일러바치면, 그 앤 날 가만두지 않을 터였다.

존-존한테 달려들었던 애들을 때려서 물리친 사람이라면 그 무엇도, 누구도 두렵지 않을 거라고 생각할지 모른다. 하지만 난 엄청나게 두려웠다. 그래서 내 방 침대에 앉아, 몸을 흔들며 다섯 살때 했던 것처럼 엄지손가락을 빨았다. 정말 곤란한 일이 있거나 어떻게 해야 할지 모를 때 내가 하는 행동이다. 하지만 다른 선택은 없었다. 난 사실을 말해야 했다. 그때 전화벨이 울렸다.

"친구야, 안녕?"

샤를리즈의 다정한 목소리가 들렸다.

"어떻게 지내니?"

처음에 샤를리즈는 존-존이 얻어맞은 이야기를 짧게 했다. 난 샤를리즈의 얘기에 온전히 귀를 기울일 수가 없었다. 손이 떨리고 너무나 겁이 나서 수화기를 떨어뜨릴 뻔했다. 숨을 깊이 들이쉰 다음, 샤를리즈에게 말했다. 모두 네가 시킨 일이라는 걸 인정할 생각이라고 말이다.

그러자 샤를리즈가 말했다.

"쌍둥이 자매하고 얘길 했어. 오늘 너네 집에 가서 백 달러를 줄 거야. 그게 우리가 할 수 있는 최선이야."

숨을 참으며 내가 아주 빠른 속도로 말했다.

"미안하지만 난 다 말해야겠어. 달리 선택할 게 없도록 만든 건 바로 너희들이야. 그날 교실을 엉망으로 만든 건 나 혼자가 아니잖아. 그러니까 나 혼자 난처해지고 나 혼자 무기정학을 당하는 건 옳지 않아. 그래서 그 모든 게 네 아이디어였고 불을 붙이게 한 사람도 너였다고 말할 거야. 넌 화가 많이 나겠지만, 그렇게 하는 게 맞는 일이야, 샤를리즈."

그러자 샤를리즈는 잠시 아무 말도 하지 않았다. 조용히 숨만 쉬었다. 그러다 결국 입을 열었다.

"네가 날 실망시킬 줄 알았어. 진작부터 알았어."

"난……, 난……."

"닥쳐!"

샤를리즈가 소리를 질렀다.

"내가 말하고 있잖아!"

그러더니 샤를리즈는 갑자기 웃기 시작했다. 정말로 우스워 죽겠다는 듯 웃었다. 듣는 사람의 속을 후벼 파는 그런 웃음이었다.

"널 믿으면 안 된다는 것도 알고 있었어. 샌더스 선생 시계를 훔쳐서 네 사물함에 몰래 넣어둔 것도 그 때문이야."

이렇게 말하면서, 샤를리즈는 다시 웃음을 터뜨렸다.

"선생들이 네 사물함을 뒤지면 어떻게 될까? 생각 한 번 해보시지?"

샤를리즈는 계속 웃었다.

"선생들은 벌써 그 시계를 찾았어. 그래서 그 모든 게 네가 한 짓이라고 생각하지."

이번에는 아주 오래 웃었다.

"말레카 매디슨 양, 어디 한 번 나라고 일러바쳐 보세요. 그럼 내가 친히 네 말라빠지고 새까만 엉덩이에 혼찌검을 내줄 테니까."

샤를리즈가 말했다.

"그리고 널 혼낼 사람은 나 혼자가 아닐 거야. 듣고 있니?"

샤를리즈가 날 보고 있기라도 하는 것처럼 난, 듣고 있어, 하고 대답하듯 고개를 끄덕였다. 하지만 그 애는 내가 할 대답을 알고 있었다. 그래서 그걸 들으려고 기다리지도 않고, 잠깐 더 웃다가 전화를 끊었다.

난 침대로 걸어가서 두려운 생각에 사로잡혀 다시 몸을 흔들었다. 학교는 날 퇴학시킬 것이다. 날 도둑에 방화범으로 여길 것이다. 난 눈을 감고 얼마 동안 더 몸을 흔들었다. 마음이 가라앉고 평화로워질 때까지.

30

마음이 좀 가라앉은 뒤, 난 아빠의 시 그리고 아빠와 함께 찍은 사진 옆에 걸린 도서관의 축하 편지를 바라보았다. 난 우승 상금을 한 푼도 받지 못 했다. 모두 지난 번 사건의 배상금으로 학교에 내야 했기 때문이다. 샤를리즈는 그런 일들을 몰랐고, 알아도 전혀 신경 쓰지 않았을 것이다. 그 애가 바라는 건 오로지 내가 자기 일을 말하지 않고 입을 다무는 것이었다. 샤를리즈는 날 감시하면서 점점 더 말이 많아졌다.

그때 현관 초인종이 울렸다. 누군가가 몹시 초조한 듯 짧고 빠르게 세 번 벨을 눌렀다. 네 번째로 벨이 울리자, 엄마가 나더러 가 보라고 소리쳤다. 부엌에서 일하느라 손이 비지 않는다고 했다.

현관문을 열자, 샌더스 선생님이 서 있었다.

"말레카!"

선생님은 팔을 뻗어 팔목시계를 내밀며 말했다.

"이건 네가 좀 설명을 해야겠다."

나도 모르게 눈이 커지고 입이 벌어졌다. 선생님이 말을 잇기 전에 엄마가 다가오더니 나를 끌어당기면서 선생님한테 들어오라고 권했다.

엄마는 많은 이야기를 했다. 끊임없이 거실과 부엌을 오가며 차, 설탕, 직접 만든 비스킷, 꿀 같은 것들을 날랐다. 엄마는 절대 자리에 앉지 않을 것처럼 움직였다. 마침내 엄마가 자리에 앉자, 선생님은 나에 대해, 그리고 내게 닥친 상황에 대해 설명했다. 그러자 엄마는 다시 핑계를 찾아내어 부엌으로 갔다.

선생님은 이야기를 계속했다.

"학교에 소문이 자자하단다."

선생님이 말했다.

"모든 사람들이 그렇게 말해. 넌 그냥 도왔을 따름이고, 내 교실을 망가뜨릴 계획은 모두 샤를리즈가 세운 거라고 말이야."

난 선생님이 이야기를 계속 하도록 두었다. 머리에 난 상처에서 딱지를 뜯었다.

"오늘 내가 온 건, 너한테 직접 진실을 듣기 위해서야. 그리고 어떻게든 우리가 이 문제를 해결할 수 있다는 걸 알려주기 위해서야, 말레카."

선생님을 보던 시선을 거실 바닥으로 옮겼다.

"말레카야, 넌 그 얘기를 꼭 해야 한다."

"할 얘기가 없어요."

결국 내가 말했다.

"이미 말했잖아요. 그게 전부예요."

"넌 혼자가 아니었어. 그걸 모르는 사람은 없다. 자, 누가 함께 있었던 거니?"

"샌더스 선생님, 몇몇 애들이 날 부추겼어요. 그렇게 하면 이십오 달러를 주겠다면서요. 난 그 돈이 필요했고요. 그게 다예요."

마르고 딱딱해진 상처를 피가 나도록 뜯으면서 내가 말했다.

"말레카야, 네가 언젠가 말했어. 넌 비밀을 지키는 일이라면 믿을 수 있는 사람이라고 말이야. 그땐 내 비밀이었지. 그리고 넌 정말 비밀을 지켰어. 이번에는 내가 너한테 부탁하마. 날 믿어 달라고 말이야."

선생님은 내 쪽을 보며 웃옷을 벗었다. 그런 뒤 블라우스 소매를 걷어 올렸다. 선생님은 손을 뻗어 내 손을 잡았다.

“나한테 진실을 말해줘. 그럼 모든 게 괜찮아질 거라고 약속할 게.”

선생님이 부드러운 목소리로 말했다.

난 팔을 뺐다.

“무슨 일이 있었는지는 벌써 말했어요. 왜 모두들 나를 끝없이 괴롭힐까요? 날 그냥 내버려두란 말이에요.”

샌더스 선생님은 한숨을 쉬며 내 손을 놓았다. 곧 이어 웃옷을 입고 우리 집을 나갔다.

31

다음날 학교에 갔다. 샌더스 선생님의 배려였다. 선생님은 수업이 시작하기 전에 자기 교실로 오라고 일렀다. 교실에 갔더니 샤를리즈가 먼저 와 있었다. 샌더스 선생님은 정장이 아니라 청바지 차림이었다. 선생님이 뭔가 말했지만, 난 무슨 얘긴지 알아들을 수 없었다. 선생님과 샤를리즈가 동시에 말을 했기 때문이다. 샤를리즈는 선생님 교실을 망가뜨린 일에 자기는 아무 상관이 없다고 몇 번이고 말했다. 선생님은 내게 모든 진실을 털어놓으라고 했다. 난 선생님에게 말하고 싶었다. 그 진실은 날 곤경에 빠뜨릴 뿐이라고. 내가 입을 열면, 선생님과 엄마, 누구도 이 애가 내게 복수하는 걸 막을 수 없다고. 그래서 그저 입을 다물고 아무 것도 말하지 않는 게 유일한 해결책이라고.

샤를리즈는 금방이라도 울 것처럼 겁 먹은 얼굴이었다. 그 애가 그런 얼굴을 하는 건 처음 봤다. 전에는 그 애가 눈물이라곤 없는 사람이라고 생각했다. 샤를리즈의 두 눈은 내내, '내가 그냥 모든 잘못을 뒤집어쓸게요.' 하고 말하는 것 같았다. 난 두려워하는 것도 피곤하고, 사람들이 원하는 대로 행동하는 것에도 지쳤다.

샤를리즈는 끊임없이 선생님 눈을 피해 나한테 비열한 말을 퍼부었다. 돌처럼 차갑고 거친 말이었다.

"날 실망시키지 않는 게 좋을 거야."

내 눈에서 눈물이 흘렀다.

"말레카, 내가 학교에서 쫓겨나면 주주 언니가 나한테 어떻게 할지 알잖아."

주주 언니는 샤를리즈를 가만두지 않을 것이다. 그것도 내가 사실을 말하지 않는 또 다른 이유였다. 난 몸을 흔들며 생각에 빠졌다가 눈물을 흘렸다. 샌더스 선생님은 말이 없었다. 귀를 기울여 들으며 표정을 살필 뿐이었다. 선생님은 내 어깨에 부드럽게 손을 얹었다.

"너 때문에 내가 난처한 지경에 빠지면, 넌 이 동네에 못 살게 돼."

샤믈리즈가 말했다.

난 계속 몸을 흔들며 눈물을 흘렸다.

나에게 억지로 키스를 하려던 애, 그리고 존-존을 돕다가 나한테 맞은 애가 생각났다. 아켈마 생각도 하기 시작했다.

그때 선생님이 내게 팔을 둘렀다. 선생님 덕분에 기분이 나아졌다. 선생님은 내게 마음 속에 있는 걸 말하라고 했다.

"내가 그렇게 모든 걸 해줬는데도 날 배반하겠다는 거야? 두고 보자, 이 못생기고 멍청한 깜둥이야."

샤믈리즈가 눈을 부라리며 대놓고 말했다.

날 이름으로 불러줘! 하는 아켈마의 목소리가 들렸다. 그리고 난 그 말을 입 밖으로 내뱉었다.

"날 이름으로 불러줘! 내 이름은 '못 생긴 애', '멍청이'가 아냐. 난 말레카 매디슨이라고. 그래, 내 살갗은 까매. 아주 새까매. 그것 땜에 날 싫어한다면, 뭐, 할 수 없어. 날 감싸고 있는 피부가 그런 색이니까!"

난 소리를 질렀다.

"샤믈리즈 존스, 넌 스스로를 어떻게 생각할지 모르지만, 넌 나보다 열 배는 나빠. 난 교실에 불을 지르라고 시키거나 나보다 약한 사람을 괴롭히거나 하지 않아. 사람들 마음에 피가 흐르도록 하는 비열한 말을 하지도 않아."

난 몸을 흔들다가 울고, 그러다 다시 몸을 흔들었다.

"나한테 선생님 교실을 망가뜨리도록 강요한 건 너야. 물론 너도 직접 손을 댔어. 너하고 쌍둥이 자매도 말이야."

이렇게 말하면서, 난 막혔던 가슴이 트이는 걸 느꼈다.

샤를리즈는 무서운 눈으로 날 노려봤다.

그 애는 빠른 걸음으로 선생님과 내 곁을 지나 문 쪽으로 갔다.

"너네들 얼굴을 좀 보라고. 낙오자들의 흉칙한 얼굴 말이야."

샤를리즈가 말했다. 샌더스 선생님은 샤를리즈를 잡지 않고 내버려두었다. 그런 뒤 날 안았다. 선생님에게 안기자, 난 이제 안전하다는 생각이 들었다.

32

한 주가 지났다. 레이나와 레이즈는 무기정학 처분을 받았다. 샤를리즈는 사라졌다. 정학이 풀려 다시 학교에 온 쌍둥이 자매가 샤를리즈 소식을 전했다. 주주 언니는 샤를리즈를 앨라바마의 조부모한테 보냈다. 애들은 여전히 내가 샤를리즈 일을 고자질했다고 비아냥대지만, 난 상관없다. 더 이상 샤를리즈가 나한테 상처를 입히지 못한다는 게 가장 중요하니까.

퍼졸리 교장 선생님은 내게 교무실 일을 그만해도 좋다고 했다. 샤를리즈 사건에서 진실을 말한 것으로도 충분히 잘못을 갚았다며 말이다. 교무실 일 같은 건 신경 안 쓴다는 것처럼 어깨를 으쓱해 보였지만 마음 속 깊이 서운한 생각이 들었다. 이제 막 교무실 일이 좋아지기 시작했기 때문이다. 무기정학을 당해서 학교에 가지 않을 때는 교무실 일이 그립기까지 했다. 교무실에서 나왔을 때 칼렙이 내 사물함 옆에 서 있었다. 거기서 뭘 하느냐고 묻자, 칼렙의 얼굴이 온통 붉어졌다.

"응, 막 가려던 참이야."

칼렙은 보라색 종이에 금색으로 쓴 편지를 건넸다.

"내가 간 뒤에 읽어. 알았지?"

난 고개를 끄덕이고, 칼렙이 자기 교실로 가는 모습을 지켜봤다. 여학생 화장실에 숨어서 가방을 바닥에 놓은 뒤 아주 천천히 편지를 폈다. 맞아, 스피어민트. 편지에서는 스피어민트 껌 향기가 났다. 껌을 꺼내어 입에 넣은 뒤 편지를 읽었다. 그건 시였다. 내게 바치는 시였다.

달콤하고 짙은 초콜릿 사탕 같은 나의 말레카에게

그대여, 날 위해 아몬드 조이가 되어주세요
초콜릿 칩, 허시 키스가 되고
달콤하고 짙은 초콜릿 버터 크리스프가 되어주세요!

손에 손을 잡고 함께 수업에 가고

상쾌하고 푸른 잔디에 둘이 앉아 얘기하고

롤러코스터로 함께 높이 올라가
하늘의 달빛도 함께 꺾어 올 거예요

그대여, 날 위해 아몬드 조이가 되어주세요
초콜릿 칩, 허시 키스가 되고
달콤하고 짙은 초콜릿 버터 크리스프가 되어주세요!

칼렙이 준 시를 읽으며 난 눈물을 흘렸다. 그건 너무나 달콤했다. 난 거울에 비친 내 얼굴을 보며 소리 없이 웃었다. 아빠의 시와 도서관의 축하편지 옆에 칼렙의 시를 걸어두리라고 다짐했다.

수업에 들어가는 길에 칼렙을 보았다. 칼렙의 얼굴은 여전히 붉었다. 귀까지 붉어져 있었다. 맥박이 엄청나게 빨라졌지만 난 칼렙에게 다가갔다.

"내가 이제껏 받은 것 중에서 제일 멋진 거였어."

난 살짝 멍청한 웃음을 지으면서 말했다. 난 연필을, 칼렙은 자기 꼰 머리를 만지작거리면서, 우리 둘은 거기 서 있었다.

"너희 둘은 어느 교실이든 들어가야 하지 않니?"

체육을 맡은 브랙스턴 선생님이 물었다.

"예."

우리는 둘이 동시에 대답했다.

"전 샌더스 선생님 수업이고요."

내가 말했다.

"그리고 전 수학 수업이에요."

칼렙이 내 뒤를 이어 말했다.

"그럼 각자 갈 곳으로 어서 가렴."

브랙스턴 선생님이 교실을 가리켰다.

"샌더스 선생님 교실까지 같이 가자. 나도 그 방향이니까."

여전히 머리를 만지작거리면서 칼렙이 말했다.

칼렙의 편지를 가방에 넣었다. 그런 다음 우린 복도를 걸었다. 한 순간 눈을 감고 숨을 깊이 들이쉬었다. 칼렙에게는 언제나 신선하고 깨끗한 향기가 난다. 그것도 칼렙을 좋아하는 이유다.

마침내 수업에 들어갔을 때, 모두들 머리가 둘 달린 괴물이라도 되는 듯 날 쳐다보았다. 지각이었지만, 선생님은 오늘만 봐줄 생각인 듯, 뭐라고 하지 않았다.

샌더스 선생님 교실이 수리 중이었기 때문에, 수업은 훈육실에서 있었다. 선생님은 다음날까지 <알리바바와 마흔 명의 도둑>

가운데 사십 쪽을 읽으라는 숙제를 냈다. 선생님은 자신이 지금까지는 많이 봐줬지만, 이제부터는 슬슬 깐깐하게 할 거라고 말했다.

"학교로 돌아왔으니 환영해요, 매디슨!"

선생님이 눈을 찡긋하며 말했다.

"네가 지각을 안 하면 우리 반 수업 분위기가 안 나지."

모두들 웃으며 날 쳐다봤다.

"맞아요."

존-존이 말했다.

"다시 온 걸 환영한다!"